LUIS ALBERTO CUADRA

AS BESTAS QUE HABITAM MINHA MENTE

Cuadra, Luis Alberto

As bestas que habitam minha mente / Luis Alberto Cuadra. - 1a ed - Ramos Mejía : Luis Alberto Cuadra, 2024.

Libro digital, Amazon Kindle

Archivo Digital: descarga y online

Traducción de: Julieta Galván.

ISBN 978-631-00-5213-7

1. Cuentos de Suspenso. I. Galván, Julieta, trad. II. Título.

CDD A863

ISBN: 978-631-00-5213-7

Registro de direitos de autor: EX-2022-119911750- -APN-DNDA#MJ

Ilustração de capa: IA Canva

Ilustração contracapa: IA Canva

Diagramação e composição: MilPalabras Estudio

Para Loana e Mateo, meus filhos, primeiros críticos literários; e para minha doce Zuzu, quem me ajudou a crescer neste caminho.

"Aquilo que o indivíduo não faz aflorar à consciência, aparece em sua vida como destino".

Carl Jung

SUMÁRIO

Prefácio

Para o leitor curioso que deseja saber do que trata este livro, eu digo: a masmorra da mente. Esse lugar onde o inconsciente está trancado, tanto o seu quanto o meu e o da sociedade toda. Um lugar tão escuro e sórdido que só é ouvido quando vamos dormir, mas sobre o qual centenas, talvez milhares de histórias diferentes foram escritas, algumas delas religiosas, outras românticas, obviamente policiais e, atualmente, psicológicas. Um lugar sobre o qual ainda sabemos muito pouco, mas que nos enche de curiosidade.

Diz-se que o famoso escritor Robert L. Stevenson criou a famosa novela "O estranho caso do Dr. Jekyll e Mr. Hyde" depois de ter um pesadelo libertador. Você percebe. Noite. Pesadelo. Liberação inconsciente. Resultado: uma escrita que se aprofunda entre o bem e o mal, que mostra a dualidade que habita nossa raça e nos oferece um caminho de orientação entre o intelectual e o primitivo. Uma mensagem estrutural que socialmente deve nos assustar para que façamos parte de uma sociedade civilizada e, ao mesmo tempo, nos mostra que, em alguns seres, o inconsciente transmuta o bem independentemente da representação que o outro fará do que esse ser faz. Acrescento outros conhecidos: Caim assassinando seu irmão Abel independentemente da opinião de Deus. Narciso levado ao suicídio pela inveja ou talvez pelo desejo das deusas gregas. Nesta era, Jeff Dahmer assassinando homossexuais. E a lista poderia ser infinita se compilássemos as informações diárias das *bestas* que são liberadas todos os dias.

Ao aprofundar ainda mais nesses pensamentos (agora de um ponto de vista psicológico, e pensando um pouco em Freud e um pouco em Lacan), eu me permiti ser livre em relação a essa estrutura interior que, do exterior, me indica o mundo em que vivo, ou seja, o mundo que me rodeia e que me mostrou, ao longo de quase meio século de existência, aquilo que está oculto, o proibido, aquilo de que não se fala, mas que se manifesta em histórias que nos invadem todos os dias nos noticiários, em uma igreja ou na mesa familiar, "aquilo" sobre o qual poucos se atrevem a escrever. Por isso, aviso a você, prezado leitor curioso, que só encontrará nas páginas seguintes histórias de crueza, de amores eternos decididos unilateralmente, de ritos ancestrais pervertidos, de estudos forenses desprovidos de sangue ou de golpes do "destino" que nascem e mostram aquele sentimento mudo de que fala Carl Jung. Você encontrará a constância da morte que aparece ao lado de cada um dos nove personagens deste livro e como eles escolheram usá-la para torná-la inconscientemente uma parte crucial de suas vidas. Você encontrará dez *bestas* que passam a vida ao seu lado.

O espelho

Se ela se lembra de alguma
coisa, é disso, quando criança,
ela aprendeu que uma mulher
geralmente deve ser perfeita.

01

—Oi Mecha.

—Oi.

—Continua na cama?

—Continuo, Flor.

—Vamos amiga. Já se passaram três meses. Tá na hora de sair.

—Sei não.

—Se Ignacio vê que você está procurando algo novamente com alguém, talvez ele ligue pra você. Você já viu como são os homens. Eles podem sair para novos amores e nós ficamos imaculadas esperando que eles voltem, mas quando você mostra a eles que não é assim, eles reaparecem.

—Talvez amanhã.

—Por que você não toma um banho e vamos jantar fora? Além disso, abriu um lugar excelente em Puerto Madero. Bom sushi, bom vinho e, acima de tudo, bons homens. Ideal para recuperar suas energias.

—Talvez.

—Chega Mecha! Para! Para de falar "não sei" ou "talvez amanhã" ou "vou ver". Daqui a duas horas, vou ao seu apartamento e saímos.

Cansada das repreensões semanais por seu estado de espírito, Mercedes responde: "Tudo bem, tudo bem. Às 21h00, toque a campainha e eu desço".

—Pronto, querida. A gente vai se divertir muito. Até daqui a pouco. Um beijo.

—Outro.

Com algumas roupas ao acaso, Mercedes vai para o banheiro. Ela abre a torneira e, quando sente a água morna, entra. Enquanto lava o cabelo, ela pensa na inutilidade de concorrer com mulheres mais jovens: Ignacio não está dormindo com uma delas há meses? Ela reflete sobre os regimes, a academia, as fotos sensuais e as mensagens rejeitadas. Ela pensa no "quero, sim" e que para sempre é muito tempo. O pensamento mistura-se com o condicionador e a sujeira e, na forma de riachos estreitos de água suja, a reflexão faz seus olhos arderem.

A continuidade do mecanismo leva a sua mão para o resto do corpo. Ela se esfrega com a barra de sabonete de camomila e jasmim. O contorno de suas formas a lembra da deformidade dos anos. É por isso que, talvez, ela sinta que suas coxas carnudas, mas flácidas, não são adequadas para aqueles bons homens que sua amiga mencionou. Que homem pode se gabar de ser "bom" se sua mulher não é desejável para os outros? A água fria em suas costas a obriga a sair. Em seu roupão de seda, ela vai até o espelho para se maquiar.

O vapor distorce sua imagem e, com a mão, ela remove uma parte dele para poder ver seu rosto com precisão. Se ela se lembra de alguma coisa é disso, quando criança, aprendeu que uma mulher geralmente deve ser perfeita. No entanto, sua aparência está tão deteriorada que ela hesita em poder voltar àquele estado juvenil. Pele seca, olhos cercados por enormes olheiras e lábios rachados não são fáceis de cobrir, apesar da excelente maquiagem importada. Infelizmente, um cravo, semelhante à mancha preta que deixa a mosca quando põe seus ovos em corpos em decomposição, aparece na face esquerda. Cada reprodução de sua aparência no vidro mostra a ela que, às vezes, o tempo não é suficiente para esconder o que é vivido. No entanto, ela precisa arrumar o desastre em que se encontra. E decide começar pelo cravo.

Ela se aproxima para observar melhor e descobre que sua imagem cresce, mas o círculo preto não. Ela entende que, na verdade, a mancha está escondida em seu espelho. Com a toalha de mão, ela tenta apagá-la, mas a mancha não sai porque é interna. Então, tenta raspá-la com a pinça. Apoia a ponta e, com toda a sua força, esfrega-a repetidamente até que ela cede, formando um orifício atrás do vidro. Uma luz oculta se mostra.

A curiosidade a leva a inserir os dedos para ampliar a abertura. Ao puxar, ela sente lampejos de luz avermelharem seu rosto. Apesar disso, esse mundo oculto a obriga a continuar. Com força, ela introduz seus pulsos e parte do pescoço. As portas, com as quais ela um dia sonhou, se abrem. Ela olha para o mundo escondido, que tem uma forma presunçosa de liberdade, e se deixa cair nele.

Embora desça rapidamente, ela percebe que as paredes são feitas de um tecido roxo sedoso, com baixos-relevos de paisagens orientais nas quais se destacam flores de cerejeira e kois. As luzes ofuscantes vêm de um caminho iluminado por vaga-lumes que repousam sobre os pistilos dos copos-de-leite. Que em frente ao caminho floral há várias portas. Enquanto medita sobre tudo o que vê, ela chega ao chão e não sente dor, apesar da queda. Levanta a cabeça e decide ir até a primeira das portas.

Um cheiro de caramelo, pipoca e algodão doce escapa de seu interior, adoçando sua boca e enchendo-a de saliva. A sensação de prazer a convida a entrar. Lá dentro, ela descobre uma sala de cinema com vinte e três fileiras de vinte e três assentos, mas com apenas um espectador, uma garotinha de uns dez anos de idade, que come uma maçã caramelizada enquanto aprecia o filme. Sua beleza a surpreende. O rosto branco e sem marcas. Os olhos negros e serenos repousam sob cabelos castanhos do comprimento das tardes de um penteado de outono. Com o corpo esbelto de uma bailarina clássica. Vestida com um vestido de verão azul escuro e sapatos de verniz. Os sonhos de uma mãe exemplar feitos realidade.

A respiração de Mercedes chama a atenção da menina. Com um gesto, ela pede que se aproxime.

Ela responde à falta de proteção do ser com a voz imposta da idade adulta: "Ei, menina, o que você está fazendo sozinha? Por que se afastou de seus pais? Você não sabe que algo ruim pode acontecer com você?!"

Com inocência infantil, a menina coloca-se de pé na poltrona e lhe entrega a maçã. Com a primeira mordida, o sabor do doce lhe faz cócegas e, sorrindo, a jovem senta para desfrutar o momento.

No palco, a tela mostra uma cabana com telhado de palha e cor de esmeralda. Em frente a ela, um barco laranja está encalhado em uma praia de ondas suaves e palmeiras exuberantes, onde um casal brinca feliz com sua filha enquanto um filhote de labrador mastiga um brinquedo de pelúcia. Os risos e a brisa se misturam sob os pés que molham as ondas. A paz cinematográfica convida ela a descansar. Dá a última mordida e, satisfeita, suspira e fecha os olhos.

Embora a consciência desconecte os espaços de pensamento, uma série de gritos e gemidos a traz de volta. Com um movimento de sua mão, ela procura sua companheira e sente sua presença roçando ela apenas com o pulso. Quando a vê, percebe que seus olhos estão cobertos com uma mão e que com a outra ela está apontando para o filme. A cena perfeita começa a se transformar, uma tempestade aparece no horizonte. Com ela, a escuridão. Mercedes, que compreende o medo das mudanças repentinas, tenta restaurar a calma com uma canção que vem de suas lembranças, aquela que sua avó costumava cantar para ela nas noites das tempestades de maio. De pouco serve. Balbuciando, a menina insiste na tela. A sequência que continua mostra como o casal decide se separar da filha para ir navegar. A canoa laranja indo em direção à arrebentação, enquanto a menina e seu cachorro observam da beira da praia. O vento sul do fim do mundo brincando com as ondas e os pais indo e vindo na frente dela. Os braços estendidos tentando recuperar os entes amados até que o oceano os devora. Então, a calma repentina.

Ao sentir que os puxões em seu roupão pararam, bem como os gritos, ela se vira para ver se a menina desmaiou. Aterrorizada, ela descobre que a perfeição que tanto admirou se transformou em um corpo nu, assexuado e sem cabelo, com as órbitas dos olhos descobertas. O horror das mudanças que ocorreram naquela vida perfeita a leva a fugir. Estático, o novo ser a segue com o giro de seu crânio vazio. Na entrada, Mercedes deixa cair o palito da maçã.

Em sua corrida descontrolada, ela procura se esconder atrás de outra porta. O traspasso para o novo espaço a mostra cercada de brinquedos. Muitas das melhores lembranças que ela ainda tem são de momentos lúdicos. Satisfeita com sua escolha, ela respira fundo. Sente-se viva novamente.

Quando ela dá seus primeiros passos, a diversão se torna estranha porque o chão está coberto por um tapete de grama verde, onde seus pés descalços afundam até os tornozelos. Para se libertar, ela sobe em uma fileira de cordas que descem de um teto descascado. Ela se balança de uma corda para a outra, esforçando-se para não cair, pois acha que, se isso acontecer, afundará até desaparecer. A cada solavanco das cordas, ouve-se o som de uma campainha. Ela ouve um ritmo discordante.

No meio do caminho, ela encontra uma rocha branca que a ajuda a recuperar o fôlego. Enquanto espera por novas forças, ela percebe que as paredes estão cobertas com mais páginas de livros de contos. Também que há bonecos de bebês chorando, bonecas de plástico loiras, jogos de adivinhação. As cortinas, cor de rosa chiclete, não permitem ver o lado de fora. Recitando "ciranda, cirandinha, vamos todos cirandar", ela puxa a seguinte corda e continua até o fim, onde vê um velho balcão.

Quando ela desce da última corda, a campainha toca ainda mais alto. Em seguida, aparece uma senhora de cerca de 60 anos, que se apresenta educadamente com o nome de Ada (se fosse com f, ela estaria diante de sua fada madrinha, como sempre sonhou) e lhe pergunta:

—Quem é você?

—Meu nome é Mercedes, mas me chamam de Mecha.

—Não compreendo por que as pessoas estragam o nome que uma mãe bota com apelidos ou diminutivos — e, ao dizer isso, ela confere se seu uniforme não tem rugas—. E o que é que a traz à minha loja de brinquedos?

—Estou fugindo da menina...

—Ah, é, sei. Aquela que se transforma em um espectro.

—Exatamente. Você a conhece?

Antes de responder, ela se olha em um pequeno espelho de prata que tira da bolsa. Corrige o batom roxo e arruma o penteado com os dedos:

—Eu a chamo de "a malcriada local".

—Que apelido cruel.

—Ela que é cruel. Em vez de reconhecer que seus pais estavam cuidando dela para que não sofresse, perdeu a cabeça destruindo o trabalho que lhes deu para levá-la à perfeição que toda mulher deve ter.

—O filme mostra que a menina só queria estar com eles na felicidade do momento que estavam vivendo e, se a morte chegasse, passar por isso juntos.

— Ilusões infantis. Bons pais educam seus filhos para que, quando crescerem, estejam preparados para enfrentar os perigos. Enquanto isso...

—Eles os protegem.

—Exatamente.

—E se os filhos precisam do contrário?

—Os pais nunca se enganam —diz ela enquanto tira um quebra-cabeça de mil peças de uma gaveta—. E como teus pais prepararam você?

—Com três idiomas, as melhores escolas, viagens e luxos. Eles nunca permitiram que me faltasse nada, mesmo que isso significasse longas horas de trabalho.

— Vejamos se esse é realmente o caso. Esse quebra-cabeça de mil peças pode ser montado em trinta minutos por uma pessoa preparada. Você se atreve a fazê-lo?

O tilintar da voz a obriga a tirar a caixa das mãos dela e, sem responder, joga as fichas na mesa. Ela olha para a tampa para saber o que deve montar. É uma mansão do século XX com um grande jardim com hortênsias, rosas e tulipas ordenados em tons que vão do vermelho intenso ao azul claro. Em um relance, ela grava a imagem e começa.

Sobre o vidro do balcão, as peças são encaixadas em alta velocidade e, sentindo-se segura, ela olha para a senhora, que sorri enquanto espera.

Depois de trinta minutos, o quebra-cabeça está quase completo, exceto pela última peça, que é totalmente preta e, embora seu formato se encaixe com o resto, ela destrói a harmonia. Coçando a cabeça, a jovem gira em torno da imagem inacabada. Apesar de seus esforços, ela não consegue terminar o desafio. Para piorar a situação, uma mosca zumbe em seu ouvido e a perturba ainda mais.

Com os cantos da boca, a velha arruma os dentes. Com firmeza, ela fala:

—Vejo que você não consegue terminar o quebra-cabeça.

A dentadura postiça, quando bate, aumenta o som das letras e irrita a jovem:

—Acontece que essa peça não é daqui.

—É claro que é desse jogo, você acha que eu não conheço bem minhas responsabilidades, que não sei o que é e onde cada coisa vai? -e enquanto diz isso, outras moscas aparecem embaixo dela e avançam em direção à Mercedes.

Enquanto afasta os insetos, a jovem tenta explicar:

— Não quero dizer isso, mas talvez ao ordenar os jogos, as peças misturaram.

—Ou talvez você não seja capaz de terminar nada, não importa quanta preparação tenha recebido -e no momento em que ela está prestes a insultar a velha, ela lhe arrebata a peça preta e a vira. O escuro desaparece, pois é o verso e a imagem se torna mais clara. A maçaneta na entrada principal da mansão conclui o enigma.

—Mercedes, sua incapacidade não me surpreende. Como sempre, você desperdiçou outra oportunidade por não pensar.

O tilintar insuportável da voz fica cada vez mais alto, machucando seus ouvidos. Para evitar que a dor a faça chorar, ela decide fugir. Pula, uma e outra vez, e passa por cima de todos os obstáculos enquanto as moscas a perseguem. Antes de sair, ela consegue afugentá-las e fecha a porta. Sobre o caminho, ela grita.

Cansada, ela dá passos fracos. Os vaga-lumes balançam suas caudas e as flores piscam suas luzes. Ela é dominada pelo sono e deseja dormir entre elas, mas vozes próximas a incentivam a continuar. Ela sente que na multidão agitada as lágrimas poderão ser escondidas. Ela avança até uma porta gradeada, onde uma multidão de diferentes idades, raças e sexos está esperando que ela se abra para entrar em outro quarto. Com a cabeça baixa, ela os acompanha. Uma música toca por vários segundos e, quando ela para, todos passam. Depois de limpar os olhos e o nariz com a borda do roupão de seda ainda seco, ela olha para cima para descobrir onde está. Entende que se trata de um museu moderno, já que as pessoas interagem com as obras de arte no local. As crianças fazem carícias nas estátuas de animais de estimação, idosos, outras crianças e até mesmo jovens apaixonados, enquanto os adultos acrescentam detalhes às pinturas de seda ou aveludadas nas paredes. Aqueles que estão satisfeitos com aquilo que fizeram olham atentamente para o final da sua obra e pedem ajuda para dois homens vestidos de smoking, embora de cores invertidas, um branco com gravata borboleta preta e outro preto com gravata borboleta branca. Quando o acordo pela obra é encerrado, o novo proprietário retira-se acompanhado por um deles.

A curiosidade convida Mercedes a ir mais longe, e ela vê uma mulher idosa ao longe que lhe parece familiar. Ela se detém ao seu lado e compartilha o olhar fixo em um quadro de uma família almoçando sob uma videira que cresce em um dossel. Abelhas e beija-flores esvoaçam sobre as flores de lírios e abóboras. Um velho cão labrador correndo sem rumo. Macarrão na mesa e vinho em uma jarra em forma de pinguim. Um velho, de óculos grossos, com a gesticulação do chamado "para a mesa". Filhos, noras, genros e netos rindo enquanto se sentam em seus lugares.

Ao ouvir a respiração agitada da jovem, a avó se aproxima e sussurra em seu ouvido: "Só estamos faltando nós, Mecha".

A coceira nos pulsos da jovem aumenta e, para acalmá-la, a idosa acaricia sua face e continua: "Não deu mais para aguentar o respirador. Além disso, seu cachorro não para de latir, ele precisa da zebra de pelúcia".

A confusão a assusta e ela decide fugir, mas nesse momento os dois homens de smoking aparecem na sua frente para contê-la: “Não se assuste, Mercedes, e seja bem-vinda ao museu das almas. Nós somos Hugin e Munin, os assistentes”.

Apesar de que a situação quase a fez desmaiar, ela opta por responder: “Desculpe, mas não entendo, o que é isso de museu das almas?”.

Com cuidado, Munin a coloca no chão e explica: “É fácil de entender. É o lugar onde as pessoas escolhem guardar suas almas. Algumas fazem isso com a felicidade que a vida lhes proporcionou e se transformam em pinturas ou esculturas que deliciam quem as vê”.

Mercedes respira fundo e tenta se sentar: “Isso é impossível. É uma aberração”.

—Pelo contrário. É a representação imortal da vida.

Após uma inspiração profunda, ela continua indagando:

—E se você foi infeliz?

—A obra trará dor àqueles que a observarem.

—Não acredito…

Hugin se senta à frente dela e interrompe o irmão: “Boa noite, Mecha. Eu sou Hugin, o duque branco que monta as esculturas ou pinturas alegres, e vou lhe fazer uma demonstração para que sua mente acredite no que lhe explicamos” - e com um gesto ele indica a Munin que se aproxime do bronze de um menino a cavalo. A jovem observa.

—Está vendo aquele casal?

—Aquele que está olhando para a escultura do menino montado em um pônei?

—Exato. Há três anos, ele morreu por causa de um descuido deles. E eles não se perdoam por isso. É por isso que eles decidiram hoje fazer parte da obra inacabada.

—Como?

—Olhe Munin conversando com eles.

—Eu vejo.

—Percebe como ele os posiciona ao redor da estátua?

—Percebo. Ele até parece dizer a eles como tocar a representação.

—Como dar amor ao inanimado. Como Michelangelo em A Piedade. Sentir que a morte apenas adormece a dor.

—Por favor, o que está dizendo? Deus perdoe seus pensamentos turvos -e, enquanto o repreende por suas ações, o duque preto apoia as mãos no peito dos pais que, com o olhar de anjos melancólicos com saudades do céu, se transformam em estátuas guardiãs do filho.

Perplexa com o que está acontecendo, ela decide que é hora de fugir novamente. A força de suas batidas cardíacas a ajuda e ela se dirige ao caminho. Quando chega, percebe que o caminho desaparece porque os insetos, depois de conseguirem o que queriam, deixam as flores e apagam suas luzes. O ponto preto que retorna para levar os passos. O espelho que fica oculto para sempre. A alma que bate mais forte e agora foge.A falta de ar que a deixa estática. Seu corpo pousado sobre as flores copo-de-leite... Passos são ouvidos. Com o canto de seus olhos negros ela percebe um resplendor. Com esforço, ela se vira, para entender de onde vem. Ela vê os assistentes carregando duas velas enquanto aguardam sua decisão.

A escuridão lhe mostra que em seu silêncio está o que era por ela procurado. Ela compreende que não é mais necessário fugir e se aproxima de Hugin. Com um suspiro, ela o pega pela mão. Fecha os olhos e apaga as velas. Quando a fumaça se esvai, ela finalmente sente paz depois de muitos anos, depois de quase toda a sua vida. Ao fundo, a discordante campainha toca mais alto, agora acompanhada dos gritos de Flor e das batidas na porta.

O homem sem sorte

Nada lhe sobrava,
mas, mesmo assim,
tudo nos dava.

02

De todas as histórias que lembro sobre meu amigo Anibal, a mais impactante foi a que aconteceu no dia em que ele conheceu o pedreiro Juan Carlos Chamorro, em 1995.

Posso dizer sem sombra de dúvida que Anibal era um ser único, fora de qualquer matriz comum, devido à sua extrema má sorte. Um típico *pé-frio*. Dessas pessoas que, se apostava números na loteria, ganhavam as letras ou, se comprava um carro usado, tinha o motor estourado. Uma pessoa com tantos infortúnios que, se um livro fosse escrito sobre ela, não lhe alcançariam as páginas para todos eles. No entanto, ele repetia que: "não é azar, pelo contrário, é a sorte que está me preparando para me dar a minha recompensa um dia", uma convicção que nos fazia rir. A única pessoa que sempre acreditava nessas palavras era sua esposa, que o ouvia, olhando para ele com olhos grandes e serenos.

Lembro que ele tinha uma velha caminhonete Chevrolet modelo 77, um veículo corroído pela ferrugem e pintado com um rolo aí onde ele havia feito algum remendo na carroçaria, o que lhe dava uma aparência de circo, enquanto todos na vizinhança dirigiam picapes 4x4 de última geração graças ao plano de troca do presidente Carlos Menem.

As pessoas gostavam de passar pela frente de sua casinha branca e caiada e buzinar para ele quando o viam do lado de fora, algo que meu parceiro de pesca apreciava com um sorriso tímido. Ele adorava nos convidar para ir pescar naquela caminhonete. Com esse objetivo, ele nos levava em viagens aos lugares mais remotos da província de Buenos Aires, em busca do famoso peixe-rei. Cada comarca, juntamente com sua capital, foi riscada de nossa ignorância sobre Buenos Aires, porque nada o detinha. Chuva, neblina ou céu estrelado eram a mesma coisa. O plano era ir conosco em busca de novos horizontes e ser feliz. Nada lhe sobrava, mas, mesmo assim, tudo nos dava.

Entre todos os sonhos que ele tinha, havia dois que, para nós, seriam impossíveis de realizar. O primeiro, uma lancha equipada para pesca, e o segundo, uma caminhonete 0 km para transportá-la. Uma loucura. Nem sequer íamos pescar dourado em Corrientes ou salmão em Mar del Plata para não o colocar em uma situação financeira difícil, pois essas excursões eram muito caras. No entanto, ele só se perguntava quanto gastaríamos em combustível com um reboque. Uma pobreza lastimosa que eu admirava nele.

Quando Anibal estava prestes a completar quarenta e cinco anos, decidimos que, depois do trabalho, nos encontraríamos no bar "El Federal" para pensar no presente que iríamos lhe dar. Como o calor naquele dia estava muito sufocante, pedimos algumas cervejas loiras acompanhadas de uma tábua de frios. Além disso, a revista mensal de pesca, já que a ideia era analisar as ofertas de equipamentos para a captura de peixe-rei e, assim, atualizar os seus. Comparamos vários modelos ultraleves até concordarmos com um, mas, na última página, um anúncio nos fez duvidar, uma propaganda de um concurso de pesca na cidade de Reta que tinha como primeiro prêmio uma caminhonete 4x4 0 km e uma lancha de pesca equipada para 4 pessoas. A taxa de inscrição era equivalente ao preço da vara de grafite.

Começamos a discutir se era conveniente ou não trocar o presente, pois estava mais do que claro que ele não tinha sorte e muito menos equipamento para jogar uma isca no mar. Que ninguém sabia como pescar naquela área e outras razões, que foram esclarecidas quando eu trouxe à mesa a sua frase: "não é azar, pelo contrário, é a sorte que está me preparando para me dar a minha recompensa um dia". Fizemos um brinde pela decisão e combinamos que, para evitar que nosso presente fosse rejeitado, Paola, sua esposa, seria nossa parceira. Como esperado, ela aceitou a proposta.

Em uma sexta-feira, doze de janeiro, nosso azarento estava celebrando seu aniversário. Ele abriu sua casa, como era seu costume em todas as comemorações, e nos convidou para comer aquelas *empanadas* apimentadas, que ele fazia conforme a receita da avó, enquanto o restante dos convidados chegava. Ao cair da noite, o cheiro do churrasco, o prato principal de todos os encontros, chegava do quintal, cozinhado pelo pai sobre um velho estrado de molas de uma cama de casal. Os copos de vinho eram inundados com risadas infantis sob a amoreira e acompanhavam a espera. Animado com a fraternidade que o álcool proporciona, Anibal nos repreendeu por sermos tão pobres que não podíamos lhe levar um presente. Com expressão malandra, respondíamos que ele estava certo e que, quando o churrasco terminasse, ele deveria guardar os ossos que sobrassem para fazermos um ensopado. E assim, em meio a risadas e charadas, as horas se passaram até que chegou o momento do corte de energia para a entrada do bolo, que foi trazido pela esposa e filhos. O som desafinado de nossas vozes honrava o feliz aniversário, ao passo que os olhos de meu amigo se encheram de emoção, como acontecia todos os anos.

Depois que terminamos de cantar, a surpresa chegou pelas mãos de nossa sócia, que o pegou pela cintura, ergueu os olhos e lhe disse: —Meu bem, nós que te adoramos e os irmãos da vida lhe damos este pequeno presente -enquanto ele abria o envelope, o silêncio e seus segundos sufocaram as palavras.

Depois de acariciar o cartão, ele olhou para cima e disse:

—Bem, estou indo para o mar para buscar minha caminhonete e a lancha que a sorte preparou para mim -os aplausos e as vozes da torcida se misturaram aos choros de seus filhos, que queriam dormir.

De madrugada, no calor da cozinha, tomamos café árabe para limpar o nosso juízo. Nossas vozes se misturaram ao ronco de seu pai, que dormia com o rosto apoiado na mesa redonda, e nós lhe explicamos para Anibal que ele não precisava se preocupar com o equipamento de pesca para o mar, que tudo já havia sido providenciado. Quando ele nos ouviu, sem dizer uma palavra, cambaleou e se apoiou no encosto de uma cadeira, levantou-se e saiu. Com preocupação, olhamos para sua esposa, que estava de costas lavando a louça.

Quando voltou, trazia consigo uma vara de pesca feita de bambu.Ele esperou nossa surpresa e disse:

—Rapazes, apresento a vocês a vara de bambu que herdei de meu avô e com a qual minha vitória está garantida -nossa presunção ficou silenciada, envergonhada, sob os valores escondidos nas paredes sem reboco.

Nos dias seguintes, nós quatro entramos na histeria da ansiedade que transforma coisas supérfluas em fundamentais, sob as perguntas "quem está levando o sal, o chimarrão, a carne ou a barraca", e tantas outras. Um paradoxo oculto que transforma o baú de uma caminhonete em uma bolsa de mulher. Assim, em 17 de janeiro de 1995, partimos para Reta para o famoso concurso "da peça maior".

Chegamos quando o amanhecer estava começando. O sol, redondo e perfeito, nos mostrou uma pequena comunidade litorânea de casas baixas e alguns prédios, bem cuidada e iluminada, com um certo ar de desejo de se destacar. Uma pequena cidade que não podia abrigar em seus dois hotéis todo o bando de pescadores cobiçosos que havia convidado. Por isso, sob o barulho da caminhonete, vimos que nas casas de família estavam oferecendo quartos para alugar ou parte do terreno restante para a instalação de barracas com direito a usar o banheiro da casa. A multidão de pessoas negociando parecia macacos brigando por bananas.

Alugamos um lote de Dona Esther, uma viúva de modos rudes, com cabelo preto curto e um sorriso suave à Mona Lisa. Ela olhava de lado e falava com firmeza. Ainda me lembro do sabor dos camarões com alho que ela preparou para nós no jantar. Nem mesmo nos melhores restaurantes de San Telmo eu conseguiria encontrar esse sabor.

No dia seguinte, saímos cedo. Apresentamos o comprovante do depósito que tínhamos feito e recebemos os números de competidores e as regras: uma vara de 3,60 metros com um anzol e isca natural de camarão, cavala, molusco ou lula. Com essas informações, saímos para comprar a isca, pois a ansiedade traiçoeira da primeira vez levou à desorganização de quem seria o responsável pela isca. Nenhum lugar tinha. Quando tudo parecia perdido, Anibal pensou no jantar que Esther tinha preparado para nós. Percorremos os oito quarteirões que separavam a costa do nosso alojamento mais rápido do que um velocista olímpico. Em frente à sua porta, gritamos seu nome como se fosse um grito de guerra.

Esther saiu com seus rolos de cabelo e nos olhou, na esperança de entender o que havia de errado conosco, pois nos imaginava pescando. Depois que lhe contamos sobre nossas dificuldades, ela começou a rir e disse:

—Vou ver se consigo encontrar alguma coisa –e nos deixou esperando por vários minutos.

Chegamos a vê-la nos espiando por trás das cortinas bege enquanto o eco de sua risada escapava pela janela. A algaravia dos pescadores da costa queimava nosso tempo sob a misericórdia da mulher. Depois de cerca de meia hora, ela saiu com uma sacola cheia de iscas. Nós lhe agradecemos com beijos e um abraço coletivo. Uma hora depois, finalmente, estávamos na competição.

O dia apresentou-se com uma brisa suave que nos ajudava a lançar longe da costa. Pegamos pescadas, abróteas, côngrios e corvinas em quantidades tão grandes que os juízes mal alcançavam a pesar e etiquetar as peças. Todos nós sentimos a possibilidade de ganhar o prêmio. Todos nós, com exceção de Anibal, que não teve uma única mordida. Era triste vê-lo sentado em sua cadeira de praia com a cuia do chimarrão em uma mão e a vara na outra, estoico, esperando que o impensável acontecesse.

Faltando quarenta minutos para o final, um vento soprou sobre o mar e formou um remoinho. A vara de bambu se curvou quase a ponto de quebrar. O náilon tensionado fez música com as rajadas de vento que roçaram nele. Anibal apoiou a cuia na areia. Ajustou os óculos e se levantou. Suavemente, imitou as fisgadas que havia estudado durante toda a competição. Não era necessário, a peça certamente estava enganchada. Os velhos pescadores do lugar deixaram seus postos e começaram a cercá-lo. Podíamos ouvi-los dizer a ele: "não há nada a fazer, se você pegar essa linha, irá embora de caminhonete". Outros falavam: "não tenha muitas esperanças, porque provavelmente é um tubarão pequeno que, a menos que o anzol esteja entre os dentes, você não vai poder tirar daí". Ele, com os olhos no reflexo tempestuoso do sol, continuava atento ao seu objetivo.

Ao chegar à segunda arrebentação, o lombo da besta que se aproximava provocou um silêncio que foi interrompido apenas pelo estrondo das ondas, que se quebravam em sulcos abaixo deles. A tensão que se instalou fez com que os competidores mais jovens desistissem das peças e do prêmio. Todos nós esperávamos ansiosamente pelo encontro.

Quando o troféu marinho alcançou a primeira arrebentação, mergulhamos em um limbo mental tentando discernir o que estava acontecendo. A besta nos mostrava os dias de que precisou para formar seu poder nas profundezas. Um poder ornamentado por farrapos azuis que se destacavam contra o mar opaco que acabava de se abrir à sua frente. Emaranhadas ao seu redor, algas nuas dançavam ao ritmo do balanço da água, enquanto pedaços de carne de tom marrom em buracos profundos secavam sob um céu profundo. Ossos sem continuidade buscavam uma velha caminhada na praia. O azar estava exultante diante de Anibal, dando-lhe de presente o cadáver de Juan Carlos Chamorro, desaparecido há duas semanas.

Os juízes, que estavam na multidão, correram para ver o falecido e depois trouxeram o delegado policial, que chegou ao local com um médico e dois policiais. Eles constataram os fatos e cobriram o que restava do pedreiro com um cobertor. Olhei para meu amigo. Achei que o apelido dele estava bem colocado. Ele não havia pescado nada o dia todo e, quando finalmente o fez, era um cadáver.

Nas horas seguintes, as autoridades judiciais tomaram as medidas necessárias para elaborar o registro oficial e informar a família. Os juízes dedicaram-se à resolução do concurso para definir o vencedor e entregar os prêmios e, nós, a pensar em como dar conforto ao nosso amigo, que via seu sonho se esvair.

No momento em que decidimos sair, começou a premiação. Anibal sentou-se novamente em sua cadeira de praia. Não entendemos sua atitude, mas o acompanhamos em silêncio. E então veio o primeiro prêmio. Coloquei minha mão em seu ombro e aguardei a palavra do prefeito, que tinha sido o juiz principal. Como se fosse hoje, lembro-me dele dizendo: "Prezados amigos e companheiros de pesca, depois de muito debate e telefonemas da delegacia para o gabinete do governador, entendemos que o primeiro prêmio, conforme estabelecido no artigo dois de nossos regulamentos, é para a peça de maior porte retirada do mar. Infelizmente, não está especificado se isso é apenas para peixes. Portanto, o vencedor desta edição da competição é o senhor Anibal Cortejo, a quem recebemos com uma salva de palmas".

Nós três ficamos atônitos vendo como ele se levantava da cadeira e com uma mão e simplicidade saudava com gratidão. Assim, a sorte se apresentou um dia rendida aos seus pés imbatíveis, demonstrando que ela é nossa aliada na busca dos sonhos e que só se afasta daqueles que se esquecem de sua existência por causa do medo de fracassar. Após recebermos as chaves e os documentos dos veículos, seguimos para a casa de Esther.

Quando nos viu chegar na caminhonete, a mulher aplaudiu, gritando que tínhamos vencido graças à sua isca. Com o êxtase da experiência fluindo em uma variedade de sensações, contamos a ela o que tinha acontecido. Em silêncio, ela esperou que terminássemos de explicar a epopeia e, então, ela nos disse:

—Juancito era o pedreiro do nosso vilarejo, considerado o homem com a maior fortuna do mundo. Ele sempre acertava na loteria ou encontrava dinheiro na rua ou uma corrente de ouro na praia. Se ele jogava uma semente de laranja no quintal de sua casa, ela se transformava em uma árvore. E, apesar de sua boa sorte, há algumas semanas ele foi engolido pelo mar.

O brilho no olhar de Esther ao mencionar a vida do rapaz nos convidou a lembrar dos nossos lares. Gentilmente, decidimos que era hora de descansar.

Na manhã seguinte, bem cedo, estávamos nos preparando para sair quando o delegado de polícia chegou para que Anibal assinasse o registro do que tinha acontecido. Depois de assinar, ele pediu um favor ao policial: que a caminhonete velha fosse entregue à família de Juan Carlos Chamorro e que eles não se preocupassem com os documentos, pois ele os enviaria por carta registrada o mais rápido possível. Não havia nada a discutir e foi feito o que ele pediu.

Quando chegamos ao bairro, as pessoas nos olhavam com surpresa e, com uma ansiedade quase zombeteira, esperávamos o som da buzina que nosso amigo deveria tocar. No entanto, ele não a tocou nem uma vez. Quando chegamos à casa dele, sua esposa, com lágrimas nos olhos, deu-lhe as boas-vindas, enquanto seus filhos pulavam de emoção. Os seis uniram-se em um abraço.

Hoje faz mais de dez anos que não o vejo, porque, devido à crise de 2001, emigrei para a Espanha, onde trabalho no que quer que apareça, mas nunca esquecerei meu amigo, o homem que me ensinou que a sorte é amiga do otimismo e da felicidade.

A idade dos sonhos desfeitos

Ele está velho, mas velho como o jornal que ficou sob o sol, porque as palavras ainda são as mesmas, mas o papel está amarelado, opaco e descuidado por permanecer no esquecimento do tempo.

03

Os raios de luz são absorvidos pela porta enferrujada na entrada. Dentro da oficina, um ar frio endurece as ferramentas. Honorio, o ferreiro, para começar seu trabalho esfrega as mãos e prepara a forja.

Quando as chamas surgem e rompem a escuridão do minério, ele abre a porta de metal e espera pelo filho. De madrugada, o filho telefonou para avisar que tinha aço para fundir. Sempre que vem com esse metal pesado, ele faz uma faca de caça para presentear ao delegado ou ao policial que patrulha a área.

A medida matinal de seu ritual lhe diz para colocar a chaleira ao lado do fogo, limpar a cuia do mate e as gaiolas dos pintassilgos. No entanto, tudo para com o som das dobradiças rangendo. Ele olha para a entrada e vê a silhueta de Bautista, seu filho mais novo. O ferreiro exala uma lufada de ar frio enquanto pensa em quando foi a última vez que o viu.

—E aí, meu velho, tudo bem, como vai, eu o acordei muito cedo ou você tinha trabalho para terminar? -pergunta o rapaz enquanto o abraça e acrescenta- De qualquer forma, você sabe que essa é a melhor hora para andar na rua. Não há ninguém por perto e é por isso que, quando se passa pela padaria de Seu Estévez, as rosquinhas de que você gosta ainda estão quentes.

O velho ferreiro o recebe com o carinho próprio de um pai que sente em seu filho a continuidade da vida. Em seguida, ao se separarem, ele fixa seu olhar no garoto. Ele o vê bem vestido, com um novo kit esportivo, mas muito magro. Descobre também que ele fez mais uma tatuagem, semelhante a uma lágrima, na bochecha direita, e que ainda tem a corrente no pescoço. Ele não consegue entender por que se parece com um cachorro melancólico.

—Como prometi à sua mãe, sempre deixarei tudo de lado para atender aos seus pedidos -responde o ferreiro, enquanto agita a cuia do chimarrão e assenta a erva-mate. A água quente aquece a bomba e ajuda a aliviar o frio em sua garganta.

Sentindo naquelas palavras a ajuda de que ele precisa, o filho lhe passa as rosquinhas e a caixa de sapatos que traz sempre que o visita.

Os pintassilgos começam a cantar.

Quando o carvão atinge sua temperatura máxima, o ferreiro deixa a cuia na bigorna e abre a caixa. O jovem continua servindo o chimarrão, mas logo o estraga ao passar a bomba para o outro lado da cuia.

Concentrando-se no que precisa fundir primeiro, o ferreiro retira o gatilho e o cano de calibre 38 da caixa e, com um alicate, coloca-os no centro de cor laranja, transformando-os rapidamente de seu estado escuro em avermelhado. Hipnotizado, observa o brilho incandescente que se produz nas peças, embora já tenha visto isso milhares de vezes. A cor quente o faz lembrar do sol do entardecer da primavera em frente ao rio de Santa Fé. No entanto, a necessidade do filho o obriga a deixar as cálidas lembranças de sua juventude.

Ao extrair os metais ardentes, com golpes precisos na bigorna, ele os achata até sentir que suas formas ficarão ocultas para sempre. Satisfeito, ele os deixa esfriar e continua com o restante das peças da caixa. Com cada peça, ele repete a mesma ação.

O rapaz, que tantas vezes o acompanhou na oficina durante o trabalho, observa o pai atentamente. Ele percebe que seu pai não é mais o mesmo. Ele está velho, mas velho como o jornal que ficou sob o sol, porque as palavras ainda são as mesmas, mas o papel está amarelado, opaco e descuidado por permanecer no esquecimento do tempo.

Honorio atiça o fogo enquanto Bautista lhe oferece um outro chimarrão. Olhando para os tênis do filho, ele se lembra das discussões que tiveram na adolescência sobre o preço daquela marca:

—E me diga, como vai a sua vida, Bauty? Você já arrumou um emprego?

Com as mãos no calor da forja, o filho responde:

—Você sabe que com os pivetes a gente corre atrás e o que pintar, pintou. Até...

O ferreiro interrompe:

—Dá pra falar direito?! Ou eu paguei a melhor escola do lugar pra você me responder desse jeito?

—Calma, meu velho. Você pagou por ela e, em troca, eu me formei como você queria. Você até me entregou o diploma –e, enquanto troca a erva-mate, acrescenta- E já que você mencionou o ensino médio, outro dia eu estava pensando no Osvaldo, meu colega de classe. Lembra dele?

—Lembro. Às vezes ele vinha com você para atirar nos pardais com a espingarda de ar comprimido que eu te dei quando você fez dez anos. O magrinho que tinha mais cabeça do que peito. O quieto. Por que é que você pergunta?

—Eu vi ele na terça-feira. É advogado. Mas a profissão está consumindo ele. É obeso e toma remédios pra pressão arterial. Separado. Um desastre, a vida que ele leva... Pai, às vezes um diploma serve apenas pra enfeitar a parede.

O pai o ouve enquanto tenta tirar um pedaço de rosca que ficou entre seus dentes e o irrita.

Um dos pintassilgos arruma penas sob uma asa.

A penumbra apropria-se da oficina. A lâmina foi forjada. Só falta o cabo. Então, da escrivaninha onde prepara os orçamentos, o ferreiro tira alguns pedaços de chifres de veado. Foram presenteados pelo delegado, como parte do acordo para a forja da faca. Para fixar os ossos ao metal, ele coloca rebites de bronze e cola. Assim, os diferentes elementos são unidos. Por fim, quase no escuro, ele começa o processo de afiação.

—Bauty, ligue a luz, não consigo mais enxergar como antes. Imagine que às vezes eu olho o álbum de família e não te reconheço. Olhando as fotos, acho que você é seu irmão... Se não fosse pelo avental de médico, eu não saberia dizer quem é quem.

O filho acende a lâmpada enegrecida que ilumina ligeiramente a oficina em meio a toda a fuligem grudada nela. Em seguida, ele pega um cigarro e o acende nas últimas brasas da forja e, cutucando o pai com o cotovelo, diz:

—Às vezes eu ligo pra ele porque tenho amigos que sofrem acidentes no trabalho. Como eles trabalham sem carteira, precisam se arrumar sozinhos. Isso me deixa com raiva. Então, pergunto pra ele quais medicamentos eles precisam pra se curar e, sabe de uma coisa?, ele sempre me responde. Ele até assina uma ou duas receitas para que eu possa comprar e repassar a eles. Isso é coisa que aprendemos com você, temos que cuidar daqueles que consideramos família.

Os pintassilgos misturam as palavras com suas melodias.

Antes do fim do dia, Honorio verifica o brilho do gume da faca sobre o último resplendor das brasas. Satisfeito, ele apaga as brasas e guarda a faca na última gaveta da escrivaninha. Ele entrega a caixa nas mãos de seu filho, que o abraça. Os braços o fazem lembrar de quando seu caçula costumava vir à oficina para dar um beijo antes de dormir.

Na porta, vendo-o se afastar com a caixa de sapatos vazia, ele implora que volte com ela outro dia. Na penumbra da noite, ele fecha a porta de metal.

Os pintassilgos observam ele em silêncio.

Os gatos da legista

Olhou para o relógio: vinte e uma horas e cinco minutos. Maldito costume que não conseguia abandonar depois de tantos anos trabalhando no necrotério. É preciso registrar sempre a hora dos acontecimentos importantes.

04

I

Alessia ouviu o telefone tocar e soube que era sua irmã. Ela sempre ligava para ela naquela data para lembrá-la de que, como logo seria seu aniversário, queria saber o dia e a hora exatos da visita da família. Então, para evitar que o telefone tocasse quatro vezes, ela deixou a massa do macarrão caseiro em espera, deu as instruções para o almoço à empregada e foi para a sala de jantar.

Sem que sua mãe percebesse seus movimentos, Clara correu para o escritório de seu pai. De lá, ela podia ouvir a conversa com sua tia. Quando ouviu o "alô, Josefa", levantou cuidadosamente o receptor e cobriu o microfone. O desejo de ver seu amigo a tornava desobediente, obrigando-a a se intrometer em conversas de adultos.

—Oi Alessia. Estou ligando para avisar que não vou celebrar meu aniversário este ano -disse Josefa sem preâmbulos.

—Como assim, você não vai comemorar? Já temos tudo organizado. Além disso, a Clarita está ansiosa para ver seu gato.

—É exatamente por isso que vocês não podem vir. Aquela besta ingrata morreu e não quero ouvir o pranto da minha sobrinha quando ela souber. Odeio pessoas sentimentais.

A notícia abre o passado na mente da garota. O Ford Mercury que salta como sua bola de borracha nos paralelepípedos da cidade de Mar del Plata. A brisa marinha de verão que seca o suor da viagem. O portão de ferro que se abre e leva ao caminho de tijolos da galeria. As galinhas ciscando a terra para alimentar os pintinhos. Godofredo, o gato malhado que a cumprimenta com carícias a cada passo. No final do caminho, sua tia Josefa, séria, sentada na cadeira de balanço.

—Morreu? Como assim? Era um gato jovem. Ele foi atacado pelos cães do vizinho? Ou foi atropelado por um carro?

—Ele não respeitou as regras do meu lar. Mas, como correspondente, eu o ensinei.

—Josefa, o que você fez?!

—Fiz o que era certo fazer.

O som abrupto quando a tia desligou o telefone ressoou no ouvido da menina. Seus olhos se encheram de lágrimas. Seu amigo de verão já não estava mais lá. Nos últimos quatro anos, aquele animal a havia doutrinado mais do que os adultos, ensinando-lhe que, ao esticar os ossos das costas, é possível saber quando vai chover. Além disso, que à noite, ao olhar para o espaço mais escuro, os olhos podem diferenciar, entre as sombras, os movimentos dos corpos e, o mais importante, que é possível obter todas as lembranças vividas se olharmos para um ponto fixo e deixarmos a cabeça flutuar.

O rangido do piso de madeira alertou-a de que sua mãe estava voltando para a cozinha. Então, para ocultar sua desobediência, ela correu para o quintal para brincar com o irmão. Ele, que conhecia cada gesto dela, cobriu a menina com os braços quando a viu. E ela, quando sentiu o peito quente do irmão, chorou com a liberdade de seus 10 anos.

Por três anos, o reencontro entre Clara e sua tia foi adiado. Durante esse tempo, os pais, em suas conversas íntimas, discutiam os detalhes da morte do gato, detalhes que, de maneira distraída, a menina guardou em sua memória. Cada miado de dor do animal permitiu que ela montasse o discurso que iria dizer.

Finalmente, um dia, o telefone tocou na antiga data de sua infância. Ela não correu. Não se escondeu. Nem mesmo escutou. Apenas aguardou a notícia da viagem. Após a confirmação de sua mãe, ela olhou para seu irmão. Sorriram um para o outro.

A brisa do mar não conseguiu secar o suor de Clara. O caminho de tijolos ficou mais curto. A natureza permaneceu estática e, diante dela, Josefa e sua cadeira continuaram balançando sob os gritos adolescentes de: "Velha de merda! Era um gato que não merecia o que você fez com ele! Como você não percebeu que era instinto?". Enquanto ela vomitava os anos de espera, sua tia sorria satisfeita.

O pai, sem entender o comportamento, apressou-se em repreendê-la, mas a dona da casa levantou a mão e o impediu até que a sobrinha acabou. Depois disso, sem expressar uma opinião sobre o assunto, ela cumprimentou o resto da família e os acompanhou para dentro da casa, para que se instalassem após a longa viagem.

À tarde, acompanhada pelo badalar das cigarras, a anfitriã preparou um lanche com vermute e queijos, pães caseiros, frios preparados no último inverno, leite fresco com uma pitada de canela, cachos de uvas e fatias de melancia, que era a fruta preferida da sobrinha. Arrumou tudo na mesa sob a videira e chamou a família, que se sentou para saborear a refeição, com exceção de Clara que ficou observando as fatias de melancia babarem em decomposição, sem dar uma única mordida.

Os quinze dias restantes se passaram em brincadeiras entre irmãos, ondas distantes ou pádel de praia entre pais e filhos. As semanas se passaram sem que Clara olhasse para sua tia. Para ela, a tia estava enterrada com Godofredo no fundo daquela casa enorme. Pelo menos era o que ela imaginava.

II

Nos dois anos seguintes, a dor de Clara foi atenuada pelo surgimento do desejo de se corresponder com algum dos namorados que ela teve, bem como pela comemoração de seu aniversário de 15 anos. As cartas de amor, o diário, o vestido, a escolha do salão, tudo isso se tornou uma espiral ascendente, levando-a a outras paixões, outros aprendizados, outros lugares longe de sua tia e de seu gato. E não percebeu que sua mãe, que respeitava as tradições italianas, mesmo fazendo ela zangar, convidaria sua irmã.

Uma semana antes da festa, a campainha da casa da rua Amenábar tocou de forma contínua por quatro segundos, três vezes. A empregada abriu a porta enquanto Alessia alertava a filha sobre a visita. A adolescente alcançou a levantar a voz e voltar para o quarto, mas, ao ver aquele brilho nos olhos da mãe, acompanhou-a até a entrada.

Com um tailleur azul francês, feito por ela mesma, e uma camisa de linho branca, a tia apareceu. Tirando seu chapéu clochê cinza, ela acenou para todos e depois balançou o corpo com cansaço. Então, na mala, que ela carregava na outra mão, o ocupante se assustou e miou irritado. Depois de cinco anos, Clara olhava nos olhos de sua tia.

—Ele é filho do mesmo gato e da mesma gata que Godefredo.

—É seu irmão?

—Pode conferir -e com o braço estendido, atraiu a sobrinha para si.

Quando ela abriu o zíper, um animal de não mais de quatro meses de idade apareceu. Depois de esticar as pernas e arquear as costas, ele a olhou atentamente. Sorrateiramente, ele deu alguns passos e esperou a atitude da adolescente. Ela se abaixou para oferecer os braços a ele. Agasalhado pelo calor do moletom bege e com a alma extasiada, ele ronronou.As íris cinzentas do felino e os olhos amendoados da jovem se conectaram por alguns segundos. Com uma lambida áspera, ele a transformou em sua ama. Antes de levá-lo para seu quarto, ela se aproximou de sua tia. Os olhos de ambas se iluminaram com duas frases.

—Obrigada, amada tia.

—De nada, minha desejada sobrinha.

Durante aquela semana, Josefa ajudou a irmã em todos os preparativos, a ponto de, às vezes, substituí-la na costureira e na prova do vestido, nas birras estressantes ou nas visitas ao veterinário para cuidar do novo membro, o gato Sir Corbin.

Depois de terminado o período festivo, a tia teve que voltar para Mar del Plata. Toda a família a levou para a estação de trem no terminal Constitución.Enquanto esperavam o trem, um camelô anunciou a venda de sorvetes. Com algumas moedas, ela comprou um sorvete de morango para Clarita e perguntou ao sobrinho qual ele queria. A adolescente respondeu por ele: "De uva, tia". Enquanto os sorvetes eram devorados, a velha pensava no potencial que o futuro lhes reservava. Com o apito da locomotiva, os vagões formaram-se e, de mala na mão, ela voltou para casa.

III

Quando terminou o ensino médio, Alessia preparou uma festa para sua filha. Ela convidou a irmã, os colegas de classe da filha, alguns amigos dela e do marido. Ela decorou a casa com guirlandas, cartazes de felicitações e fotos dos cinco anos de estudos. Preparou sanduíches, canapés e diferentes guloseimas para os jovens e pratos mais elaborados para os adultos, com caviar, ostras e filé mignon de veado. Contratou um fotógrafo e uma banda. Na hora marcada, a homenageada desceu a escada principal. Ela estava acompanhada de seu irmão e, alguns passos atrás, Sir Corbin. Na sala de jantar, pais e amigos a aplaudiram. Tudo demonstrava o júbilo próprio de uma realização juvenil. Enquanto tudo isso acontecia, Josefa, na cozinha, preparava as cinco taças do conjunto da família para serem usadas no brinde.

Enquanto os pais conversavam com os diferentes convidados sobre como estavam orgulhosos de ter uma filha tão inteligente e responsável, ela aproveitou o momento para fugir para seu quarto acompanhada por Juan Cruz de Ortigoza. De todos os seus candidatos, ele era o que mais a atraía. Não porque ele era um esportista ou um adônis; pelo contrário, seu valor estava em sua capacidade mental de entender as intrigas do mundo.

Sentados na cama, o primeiro beijo chegou com arrebatamento, como um choque de forças ocultas que despertaram e intensificaram as sensações nas mãos e no resto do corpo. As carícias indicavam as formas de cada um e, assim, cada ação encontrou seu fim e cada botão a casa de escape. Enquanto a adrenalina aumentava, um forte golpe no peito de ambos interrompeu o êxtase. Sir Corbin, que havia entrado pela janela, sentindo os peitos quentes, se colocou entre eles. Em seguida, lambeu o pescoço do rapaz e ronronou.

Clara colocou seu animal de estimação no chão e, dando um beijo no canto dos lábios de seu namorado, disse:

—Peço desculpas, Juan Cruz. Não percebi que a janela estava aberta.

Com um sorriso, ele respondeu:

—Eu é que peço desculpas, pois com meu arrebatamento de amor fui além do que um cavalheiro deveria.

Depois de arrumar as roupas, Clara fechou a janela. O ranger das dobradiças misturou-se com a música tênue da festa: "Não se preocupe. Ambos sentimos a mesma coisa". E, de mãos dadas, voltaram para a festa. Atrás, a pequena fera os acompanhava. No meio da escada, encontraram o irmão dela. O garoto lhe disse que a tia Josefa estava procurando por ela.

Quase à meia-noite, quando a maioria dos convidados já tinha partido, Alessia começou a sentir tonturas e náuseas. Por esse motivo, Josefa e Clara a levaram para o quarto, enquanto o pai chamava o médico da família. Duas horas depois, o doutor Fernandez determinou que a mulher estava sofrendo de intoxicação por ostras. Por esse motivo, ele ordenou jogar fora de imediato as ostras que tinham sobrado, repousar por dois dias e seguir uma dieta rigorosa de vegetais e frango cozido, além de um xarope estomacal que o farmacêutico Heinze preparava. Contudo, e apesar dos cuidados de Josefa, que ficou ao seu lado no quarto durante os dois dias, ela morreu.

Por ocasião do falecimento, o médico apareceu junto com o delegado de polícia local, que atuou como testemunha. Acompanhados pelo marido e por Josefa, eles entraram no quarto para examinar o corpo de Alessia. Ao ingressarem, viram Sir Corbin cheirando a boca do cadáver. O médico separou os dentes e observou a língua da falecida. Lá ele notou que a língua havia sido devorada por uma bactéria de grandes fossas que também contaminavam a casa com um fedor repugnante.

Depois que o médico e o delegado saíram, o pai pediu a Josefa que levasse os filhos para se despedir da mãe enquanto ele preparava o velório.

Entre os soluços ao ver o corpo sem vida da mãe, Clara ouviu sua tia sussurrar: "Deveriam fazer uma autópsia em sua mãe". Enxugando os olhos, ela ignorou o comentário. Amanhecia, e a luz começou a se irradiar no rosto de Clara, dando à moça um ar angelical.

Dois dias antes do retorno de Josefa a Mar del Plata, Clara foi até seu quarto para conversar com ela. Sua tia estava sentada em frente ao espelho, tirando os rolos de cabelo, quando ela entrou. Sem preâmbulos, ela retomou a conversa do dia em que se despediu para sempre da mãe:

—Tia, por que você acha que era preciso fazer uma autópsia?

Com cuidado, a velha arrumou seus cachos grisalhos e, olhando para a imagem da jovem no espelho, respondeu:

—Quando foi a última vez que viu sua mãe doente?

Sentada na cama, Clara pensava enquanto Josefa colocava seu perfume favorito. O cheiro de colônia invadia o cómodo.

—Não me lembro de ter visto minha mãe doente.

A velha, enquanto olhava para o espelho, acrescentou:

—Então você não acha estranho que alguns caramujos a tenham matado?

—O médico disse que foram as ostras -respondeu a jovem.

—Não faz diferença. Acho que alguém a envenenou -e, abrindo as cortinas, iluminou o quarto.

—Tia, o que você está dizendo é muito sério!

—Mas é muito provável. Há coisas que você não sabe, como o dinheiro que uma amiga devia à sua mãe e do qual seu pai também não sabe.

Os pensamentos de Clara contornavam a ideia que era apresentada e, entre gaguejos, ela introduzia nuanças:

—Mas quem? Margaret Douglas, Juana Beltrán ou Mercedes Urquiza... Além disso, por dinheiro? Conheço seus filhos das reuniões no clube e eles nunca disseram isso.

—Você teria dito que sua família estava falida? -e com um abraço ela envolveu seu corpo confuso.

—Você contou para o meu pai?

—Para quê? Ele nunca pediria uma autópsia no corpo da minha irmã. Ele a via como imaculada. Não como nós.

Os cachos castanhos de Clara foram aperfeiçoados pelos longos dedos de Josefa. O perfume das pontas de seus dedos impregnava seus cabelos.

—E você, o que acha que eu devo fazer?

—Obtenha a verdade na hora certa. Consiga um legista com o direito de examinar sua mãe, mesmo que seu pai se oponha.

Antes que a conversa pudesse continuar, o irmão de Clara entrou.

IV

Quando Clara formou-se em medicina legista, não houve festa. Seu pai residia em um hospital neuropsiquiátrico e seu irmão morava na cidade de Carhué, onde tinha um açougue e criava porcos, com os quais preparava derivados suínos. Josefa não gostava muito desses espetáculos. No entanto, quando Clara prestou seu último exame na faculdade, sua velha tia a esperou com um táxi ao pé da escadaria da Universidade de Buenos Aires.

—Parabéns, Médica Legista Clara Mondelli - e ao dizer essas palavras com um aceno da sua mão direita, o motorista do táxi começou a buzinar por quatro segundos. Outros motoristas que passavam pela frente da faculdade seguiram o exemplo.

Com passos rápidos, Clara foi ao encontro de sua tia Josefa e se jogou em cima dela. No peito cálido da velha, ela chorou. A idosa a cobriu com os braços e a deixou descarregar seus sentimentos por alguns segundos. Com um lenço de seda, ela enxugou as lágrimas da sobrinha e, serena, disse-lhe:

—Agora vamos pelo seu presente.

Em silêncio, Clara olhou para ela e balançou a cabeça em sinal de aprovação.

Entre ruas empedradas, velhos jacarandás e fachadas francesas, o motorista do táxi estacionou na Avenida Las Heras, em frente ao Jardim Botânico. Quando desceu, a mulher idosa tirou um molho de chaves da bolsa e parou em frente a um *petit hotel* de arquitetura francesa, de oito andares. Ao abrir a porta de bronze lavrado, ela disse:

—Venha, Clara, vamos conhecer o seu novo lar.

A legista abaixou a cabeça e seguiu em frente, mas ao perceber a ação, a tia levantou o queixo da sobrinha. Olhando para a sobrinha, ela a lembrou de que "uma mulher da nossa posição nunca abaixa a cabeça diante de nada nem de ninguém".

Mal ela terminou seu comentário, as portas do elevador se abriram. Saiu um jovem com um olhar firme e um aroma de cedro e canela. Com uma saudação de "Bom dia, senhoras", ele esperou que elas entrassem no elevador e o fechou.

Quando chegaram ao quarto andar, as mulheres desceram. Josefa entregou as chaves com um simples "O apartamento é seu" e esperou que a sobrinha avançasse.

O lugar que foi aberto era um apartamento de frente para o Jardim Botânico, com pisos de madeira e molduras de carvalho europeu nas portas e janelas. As paredes brancas e os lustres de cristal lavrado conferiam harmonia. Quando ela abriu as janelas, o perfume dos jacarandás impregnou o local enquanto os pássaros assobiavam. Cada espaço que Clara abria mostrava simplicidade e elegância, até que ela inspecionou a cozinha. Essa parte não combinava com tanta sutileza: tudo era revestido de aço inox, desde a bancada de três metros sem armário, até o fogão de tamanho industrial e a pia dupla.

Ao voltar para a sala de jantar, a legista disse:

—Tia, o apartamento é adorável, exceto pela cozinha.

—Por que você diz isso? -perguntou a velha, fechando as janelas.

—Parece mais o necrotério onde fiz estágio do que a cozinha de uma jovem mulher solteira.

– Ó Clara, não seja tão sensível. Além disso, de certa forma, é um necrotério para os animais. O quc acontece é que nenhuma galinha vai reclamar o cadáver de um galo, ou uma vaca, a nádega que foi removida para fazer milanesas, por exemplo -e dando uma risada, ela encobriu o canto dos pássaros. Clara acompanhou o comentário com uma gargalhada similar. Essa seria a última vez que a veria rir, e isso só aconteceu três vezes em vinte e dois anos.

A legista e Sir Corbin adaptaram-se rapidamente ao local. Ela organizava encontros casuais com amigos da faculdade e com seu vizinho de aroma excitante, o agora namorado Marcelo Girado Soler; e a fera saía para caçar os pássaros adormecidos do Jardim Botânico.

V

—Clara, você acha que devo colocar uma gravata borboleta escura ou uma com detalhes? -perguntou Marcelo no quarto.

No cômodo ao lado, que iria ser o quarto do bebê mas acabou sendo transformado em closet, a médica legista respondeu:

—Meu bem, acho que é melhor uma gravata borboleta escura. Lembre-se de que, como se trata de um casamento, os noivos são os que devem se destacar na noite.

Ao ver sua ama, Sir Corbin entrou no quarto. Ele se esfregou nas pernas dela que, sentindo-o, levantou-o e o colocou em frente ao espelho. Delicadamente, ela o penteou.

—Eu estava pensando naquela com detalhes em prata. Foi a que meu pai me deu antes de morrer e, como sou o último herdeiro, sinto que devo usá-la em todas as ocasiões especiais.

—Eu sei de qual você está falando. A gravata que ele usou em seu casamento.

—É. Você sempre sabe tudo.

A proteção de plástico que protege o fraque, quando aberta, faz um som de raspagem que assusta Sir Corbin e o faz pular da penteadeira.

—Calma, meu bebê –diz Clara amorosamente para o animal-. Você precisa entender a irritação dele. Ele sente que será o último do panteão da família e que toda aquela linhagem de homens corajosos que moldaram o país se perderá. Apenas seu sobrenome permanecerá na entrada do mausoléu do cemitério de La Recoleta. Ele deve se imaginar morto em seu maldito caixão de cedro, sobre a mesa de mármore que mandou construir. Ele não sabe que a morte às vezes decide de forma diferente.

Aos pés da mulher, a fera lambia seus órgãos genitais.

—E por que você pergunta isso? –diz Clara para Sir Corbin-. É claro que eu o amo, mesmo que ele se irrite comigo. É compreensível. Eu lhe prometi muitos filhos e, em sete anos, não pude lhe dar nem um.

—Clara, tenho um problema com uma casa de botão. Você pode me ajudar? –gritou Marcelo do quarto ao lado.

—Ajudo, meu bem. Termino a maquiagem e vou.

—Isso significa que tenho que esperar... Sempre são os seus tempos.

O barulho dos suspensórios, ao baterem na camisa, irritou Sir Corbin, que mostrou as presas. Com um estalo de dedos, Clara silencia o gato que, tenso, observa a sua ama.

—Você tem razão, bebê. Eu fiz tudo o que podia. Mesmo com a medicação anterior, senti que morreria quando vi o sangramento. Às vezes, penso como você. Ele nunca quis fazer um teste de fertilidade porque em sua família todos eram muito viris. Ele também não quis adotar. Ele diz que é suficiente com você.

O gato chafurda e ronrona.

—Clara!

—Já estou indo, querido.

Lembrando-se do pedido, a médica legista troca a escova por um bisturi para consertar a casa de botão e entra no quarto ao lado. Atrás dela, a besta acompanha seus passos.

—Então, Marcelo, o que há de errado com suas roupas?

—Um dos botões perdeu força e a cintura do fraque está frouxa.

—Acho que você emagreceu. Chega mais perto pra eu poder verificar o botão e sua cintura.

Como o marido permaneceu imóvel, ela avançou e abriu o paletó e vários botões de sua camisa.

—Meu bem, você está usando o perfume do primeiro dia em que a gente se viu. Seu cheiro é de canela e cedro. Fala pra mim: "Bom dia, senhorita".

—Pare com isso, Clara! Você não vê que já é tarde? Além disso, eu pedi pra me ajudar a vestir, e não o contrário - e sentou-se na cama para amarrar os sapatos pretos. Ao vê-lo, o gato deu um pulo e se esfregou em suas pernas.

—Pare com isso, besta do inferno! Não vê que seus pelos me sujam? -e, com um empurrão, ele o jogou contra a parede de trás da cama. No travesseiro, um fio de sangue caiu da boca do velho animal, que permaneceu imóvel.

—Corbin! O que você fez, seu maldito cretino? –gritou Clara, indignada.

—O que devia ser feito. Estou cansado de tolerar os pelos encardidos do seu gato espalhados pela casa -e antes que ele pudesse continuar com sua justificativa, Marcelo sentiu uma ardência no pescoço. Olhando para Clara, ele viu a ponta ensanguentada do bisturi.

—Clara?

Antes que o sangue espirrasse na cama, a médica legista cobriu a cabeça do marido com a sacola plástica do fraque e o arrastou até a cozinha. Sir Corbin acordou e, com certa coxeira, seguiu os passos da médica legista.

VI

O aroma dos caracóis, enquanto cozinhavam, invadia o apartamento. Os quatro gatos acariciavam suas pernas. O cheiro despertava seus instintos.

A campainha do interfone tocou pontualmente às vinte e uma horas, como ela havia pedido a Federico. Se havia uma coisa que ela reconhecia nele, era sua pontualidade.

—Oi, Clara. É o Federico. Vim buscar o resto de minhas coisas.

—Suba!

—Não me leve a mal, mas estou com pressa. Estou atrasado para amanhã e você já sabe como o Menardi fica irritado.

—Fede, se você não subir, eu é que vou ficar chateada, estou preparando seu prato favorito. Escargot.

—Não era necessário.

—Você sabe que gosto de terminar bem meus relacionamentos, mesmo que não os veja nunca mais, e não se preocupe que eu cuidarei de Menardi, afinal sou a chefe da unidade.

—Bem, eu vou subir, mas sem sobremesa.

—Só o jantar. Eu prometo.

—Abra a porta, não tenho mais as chaves.

—É verdade. Minha cabeça está em qualquer lugar. Ainda bem que tenho ela presa ao pescoço, senão a perderia.

A risada da anfitriã soou mais alto do que a campainha de abertura do interfone.

Quando entrou no saguão do prédio, o elevador de aço inox estava justamente no térreo. O homem marcou o oitavo andar e olhou para o relógio: vinte e uma horas e cinco minutos. Maldito costume que não conseguia abandonar depois de tantos anos trabalhando no necrotério. É preciso registrar sempre a hora dos acontecimentos importantes.

Quando ele parou em frente à porta do apartamento, não teve tempo de bater, pois a mulher a abriu em seu último passo. Ela estava radiante. O mesmo vestido azul-turquesa do primeiro encontro. A boca pintada de vermelho intenso e aquela brancura que cortava as cores.

—Vai, entre e fique à vontade. Vou na cozinha. Não quero que a comida cozinhe demais. Já sei que um minutinho a mais e eles não ficarão como os da sua mãe.

—Clara, não comece, senão eu volto outra hora.

—Não seja tão suscetível e veja o que tem na mesa.

—Mas você está louca! É um Château Cheval. Vale uma fortuna.

—Especial pra você. Quantas vezes já dissemos que tínhamos que brindar com esse vinho em uma ocasião especial? Então, a grande ocasião chegou.

—Você me faz rir. Não fizemos isso em nosso primeiro aniversário em Paris e fazemos agora, em nosso último jantar juntos. Você está mesmo louca.

—Você sempre disse isso.

Enquanto as risadas dos ex-amantes se misturavam, os quatro gatos apareceram miando na sala de jantar. Olhando fixamente para Federico, eles se sentaram a seus pés. Ele nunca gostou desses animais. Eles sempre sujavam com pelos seus ternos, casaco e capa de chuva, e aí a alergia o incomodava. Por isso, antes de se sentar, ele tirou o paletó e o pendurou no cabide ao lado da porta. Lá, ele notou um plástico que cobria parte do assoalho de madeira de cedro.

—Clara, e esse plástico?

—Estou para reformar o apartamento e comecei a experimentar cores na parede, mas você viu que se uma gota mancha a madeira é muito difícil de remover, exceto se eu usar Luminol. Mas, então, o prazer se torna trabalho.

O homem ouvia com atenção cada palavra. As marcas das quatro cores na parede demonstravam que a médica legista estava certa. Verde musgo, cinza pavimento, azul céu e, finalmente, vermelho terracota, a cor de que ele tanto gostava.

—Não estou enxergando bem, ou você está pensando em pintar de vermelho terracota?

—Você não repetia, sem parar, que essa era a cor certa para combinar com os móveis?

—Você me surpreende. Agora você parece ser a pessoa que eu sempre procurei.

Da cozinha, ela gritou:

—Talvez tenha sido necessário que isso acontecesse para eu te valorizar. Mas chega de elogios, a comida está pronta. Senta que eu já estou indo.

Ele sentou, como era seu costume, na cabeceira da mesa. Os gatos inclinaram suas cabeças para o lado. Um fio de baba caía da boca de cada um deles.Com alguns chutes, ele tentou afugentá-los. As bestas permaneceram imperturbáveis, aguardando o jantar. Antes da chegada de mais uma agressão, ela entrou:

—O que está acontecendo aqui? Sempre brigando, vocês cinco.

—É que seus gatos são tão esquisitos...

—Passe-me seu prato e sirva o vinho. Depois a gente fala dos gatos.

O cheiro do *escargot* encheu a boca de Federico de saliva. Ao ver seu prazer, a mulher suspirou.

—Antes de falarmos sobre meus animais de estimação, quero ver você experimentar o jantar.

—Claro, mas primeiro um brinde.

—E a que vamos brindar?

—Às separações perfeitas.

—Absolutamente. A mais homens como você.

Depois do brinde, acompanhado de um pedaço de torrada, ele engoliu o primeiro *escargot*. Depois outro e mais outro. Ela o observava, assim como os felinos.

—Agora sim. Eu nunca quis falar com você sobre os gatos, porque quando tenho que contar sobre eles, a história se junta às minhas separações.

Federico limpou a boca, tomou um gole de vinho e perguntou:

—Como assim? Suas separações?

—Que estranho que você, que deduz tudo, não tenha percebido.

—Quantos parceiros eu tive antes de você?

—Cinco.

—Quantos gatos eu tenho?

—Quatro.

Com algumas batidinhas na placa de ouro de seu pingente, a médica legista acrescentou:

—Não se esqueça do falecido Sir Corbin.

—O gato que sua tia Josefa lhe deu, o gato malhado que era irmão de....

—Godofredo, o gato malhado da minha tia Josefa. Agora, se pensarmos nos números dos meus animais de estimação e nos nomes dos meus ex-parceiros, você perceberá que... Percebe?

—Não sei, Clara. Parece que o vinho inundou meu cérebro e não me deixa pensar.

—Não se preocupe, estou pensando por você, como sempre. A resposta é que há um anagrama entre quase todos os meus ex-namorados e eles. O mais velho, Coral, é pelo Carlos e o penúltimo, Armonía, pelo Mariano.

Um fedor começou a sair da boca do homem. O mau cheiro foi acompanhado por uma sensação de vômito e calafrios. Então ele largou os talheres e aproximou a faca de pão. Ela arrastou a cadeira, levantou-se calmamente e disse:

—Enquanto você corta mais pão, vou buscar uma surpresa.

Aproveitando o momento, o homem se levantou para fugir, mas caiu de cara no chão. Suas pernas não respondiam. Ele tentou gritar, mas só conseguia balbuciar. Os gatos miavam e andavam ao redor dele. Então, com o resto de suas forças, ele se arrastou em direção à porta, mas só alcançou a borda do plástico. Ele sentiu os passos vindos do quarto e, após alguns segundos, quando o salto da médica legista pousou em sua nuca:

—Querido, você nunca deixa de me surpreender. Ninguém conseguiu chegar até a borda do plástico. É uma pena que você não tenha usado essa força para me amar.

Depois de deter Federico, ela se abaixou. Ela esticou o plástico completamente e colocou seu ex sobre ele. Com um gatinho em seus braços e vestindo seu macacão de trabalho, ela se sentou no chão e lhe disse:

—Esta é a Paz.

Os olhos negros do homem agitavam suas pálpebras, acompanhados de gemidos semelhantes a suspiros.

—Certamente você pensará que não se trata de um anagrama o seu nome. E, até certo ponto, é. É que seu nome é tão complicado quanto você.

Os animais lambiam o sabor de torrada, dos escargot e do vinho das mãos do homem.

—Mas se traduzirmos, Federico significa pacificador.

Um fio de baba começou a cair do canto direito da boca do homem. O olhar amarelo da pequena Paz demorou-se nesse detalhe.Quando Federico viu os olhos da pequena besta, ela miou várias vezes. As presas de leite pareciam pequenas agulhas de uma sala de cirurgia.

—Acabo de falar com o Federico e te dou de comer -explicou ela para Paz. Depois de abaixá-la em frente à cabeça do homem, a médica legista colocou o corpo dele sobre o plástico e continuou:

—Sabe? Nenhum dos meus bebês comeu nos últimos quatro dias.

Com um movimento de mãos, os quatro gatos mais velhos se alinharam novamente, abaixando a cabeça. Eles abriram a boca e mostraram suas presas babadas.

—E como uma boa pacificadora, quando o lamento pela sua partida me causar dor, no seu sangue serei renovada por meio de beijos e carícias.

Na cabeça do homem, os gritos não dados e as lágrimas o enlouqueciam. Clara Mondelli de Ortigoza olhou fixamente para ele. Em seguida, ela tirou um bisturi do bolso e fez um pequeno corte na aorta. Ela colocou a pequena Paz sobre o sangue quente. Ele sentiu o fluxo do próprio sangue e a lambida do gatinho que, depois de quatro dias, alimentava-se. Ele tentou trocar um último olhar, mas ela, virando-se para trás, bateu as mãos. Os gatos se aproximaram para comer, mastigando o pescoço.

Enquanto os felinos dilaceravam seu ex-namorado, a médica legista baixou as cortinas. Ela pegou o telefone e ligou para o irmão: —Alô, Marcelo.

—Não me diga que você finalmente se separou?

—É. Tentei reconstruir o relacionamento, mas não deu certo.

—Bem. Você sabe que amanhã vou abrir o açougue às 8:00, mas antes temos que alimentar os porcos. Você vai estar lá antes disso?

—Claro que sim. Meus bebês terminam de comer e arrumo as malas.

—Vejo você amanhã, então.

O plástico estava completamente tingido de vermelho, mas não manchou o assoalho de madeira.

Necessidade de amor

E o pior de tudo, o que mais
lhe desagradava, era que ela
sempre deixava poeira ao redor
da urna funerária de sua mãe.

05

Abelardo, como qualquer homem solteiro de meia-idade, está procurando uma mulher que o ame. Por causa de sua vida exigente, ele prefere que ela seja loira natural, com olhos claros, não importa se verdes ou azuis, lábios finos e faces rosadas. O corpo, por sua vez, proporcional, com seios pequenos e quadris firmes, com altura média. Meticulosamente, na última sexta-feira de cada mês menor que trinta e um dias, ele sai a percorrer os bares da cidade em busca daquela jovem perfeita. Embora não seja um grande sedutor, ele aplica as virtudes metodológicas que desenvolveu em sua juventude e sempre consegue levar uma para casa.

Ele reside no bairro Villa Devoto, na área onde o bairro foi fundado, em um sobrado amplo. Possui dois quartos e mais um quarto de hóspedes. Tem também três banheiros, um escritório, um porão e uma garagem. Há dois anos, desde que sua mãe faleceu, ele está sozinho lá.

Ele aprecia o fato de acordar todos os dias às cinco da manhã. Nessa hora, seu pai costumava beijá-lo na testa antes de ir para a firma, e essa é uma lembrança que o anima.

Depois de ter seus pensamentos ativados, ele começa seu ritual mecânico. Primeiro, ele estende a roupa de cama. Em seguida, verifica se não há partículas de poeira que sujem o diploma de melhor aluno do colégio Otto Krause ou a coleção de carros de fricção. Depois, ele vai ao banheiro e, quando volta, tira o pijama, dobra-o e coloca-o debaixo do travesseiro. É sábado, ele tem liberdade para vestir uma calça jeans, uma camisa de sua escolha e deixar o terno de negócios pendurado até segunda-feira. Antes de sair do quarto, ele verifica o calendário para ver quais são os objetivos do dia.

Abelardo é extremamente asseado, por isso é ele quem cuida da limpeza da casa. Ele tinha uma empregada herdada, mas a demitiu por vários motivos. Primeiro, porque ela sempre lhe pareceu uma mestiça pouco atraente. Seu corpo, deformado pelo número absurdo de filhos que ela teve, não combinava com seus móveis finos. Além disso, seus dentes postiços e baratos experimentavam a comida que ela ia lhe servir. Para piorar a situação, ela tocava a cama dos pais com unhas sujas. E o pior de tudo, o que mais lhe desagradava, era que ela sempre deixava poeira ao redor da urna funerária de sua mãe.

Fazendo uma pausa por um momento na limpeza profunda dos móveis, ele vê a cama com encosto de ferro e se lembra de que seu pai uma vez lhe explicou que aquele espaço era proibido para ele. Ele ainda sente dor do tapa que levou na noite em que, desobedecendo, entrou sem avisar e viu a mãe amarrada e amordaçada no metal retorcido. Sente que não pode apagar a lembrança dos olhos furiosos do homem por trás da máscara. Antes de fechar a porta do quarto, verifica se o guarda-roupa está trancado e se a urna está reluzente.

Antes de ir para o porão, passa pelo escritório. Ele adora sentar e apreciar a última jogada de xadrez contra seu pai. O peão branco sacrificado derrotando o poderoso rei negro. Cada casa sendo sua eternamente. Saboreando um gole de uísque, ele caminha orgulhosamente até a janela para observar a força do sol sobre o velho carvalho.

Antes de fechar o escritório, ele acaricia os livros antigos que lhe ensinaram o significado das palavras prazer e culpa.

Abelardo chega à porta do porão. Tem muito a fazer. O amor o torna descuidado. É por isso que, depois, os elementos lhe falham ou ficam feios, os cadeados emperram com o suor ou as lágrimas, as correntes enferrujam e adquirem um aspecto nojento e o sangue coagulado na madeira da escada se torna indelével. Até mesmo o esmalte da banheira tende a se perder devido ao ácido mal lavado.

Antes de sair, ele dá uma última polida na banheira para que ela permaneça imaculada. Ao fazer isso, sua mente vibra, revivendo os dedos finos de sua mãe dando banho nele. Satisfeito, ele sai do porão.

A última viagem

Mantendo a esperança, estende o mapa em seu colo (...) Lembra da promessa de uma imagem juntos aos pés da Estátua da Liberdade. Lá, eles capturariam o pôr do sol.

06

Quando toca o corpo reclinado, os raios de sol escurecem. Com a respiração, a atmosfera de verão apodrece. O quarto cheio de lembranças é um mausoléu. A vida é a agonia do futuro e, ao mesmo tempo, a morte do passado. Isso lhe causa dor. Talvez porque ela saiba que o navio que lhe mostrou a beleza das montanhas italianas jamais voltará a zarpar para ela. Talvez porque, na Índia, o sábio vestido de seda não contará mais a história do deus que cortou a garganta do filho. Mas, certamente, porque seu marido ficará sozinho. Isadora sabe que o momento exato da partida chegou. Falta apenas um detalhe a ser decidido.

Seu marido entra com a governanta para higienizá-la. Sorrindo, ele lhe diz:

—Bom dia, minha pequena aventureira. Vim lhe trazer boas notícias. O médico acabou de sair, mas antes disso ele mencionou que tem um novo remédio que ajudará a impedir seu sangramento. Se conseguirmos deter esse inconveniente, viajaremos para a Espanha, Marrocos ou Grécia. Você é quem decide. Poderíamos incluir, também, um cruzeiro no Mar Mediterrâneo. O ar de lá favorece você. A palidez da tua pele se torna cor-de-rosa e, em você, essa cor fica perfeita. Combina com seu cabelo escocês.

—Pensei na França, meu querido -diz ela, enquanto tenta recompor seu corpo fraco-, especialmente na cidade de Paris. Lá, onde você ri tanto, vendo a elegante senhora com quem se casou desaparecer, enquanto devora *macarons* de diferentes sabores, um após o outro.

Com suas mãos pequenas, ela penteia seus cabelos ruivos, enquanto a criada termina de arrumá-la. Seu marido a admira com ternura, enquanto responde com uma risada:

—Nunca entendi como suas maneiras podem desaparecer tão facilmente com apenas uns biscoitos.

—A simplicidade é uma virtude que nós, mulheres, usamos em momentos decisivos -responde ela, com um riso engasgado.

Isadora decide tomar o café da manhã para lavar o gosto amargo do sangue coagulado em sua boca. Portanto, ela indica para a camareira que, antes de lavá-la, prepare a chaleira com água quente para uma xícara de chá.

Surpreso, Baltimore fica animado com a esperança de uma melhora. Sua esposa não tolera nenhum chá matinal há várias semanas. Ele abre, então, completamente as cortinas. As cores dos móveis de madeira ganham vida, assim como as fotos na parede e as rosas que todos os dias são renovadas no vaso oriental.

A luminosidade permite que ela se concentre na imagem do marido. Com um suspiro, ela recupera os motivos do amor. Olhos como os figos do Nilo. Braços como as rochas do Mar Egeu. O reflexo das estrelas no Mar do Norte antes de sentir seu corpo nu. A ilusão de envelhecer ao seu lado.

—Baltimore, reviva o momento em que nos conhecemos. Adoro como você conta isso em reuniões com amigos.

Complacente, ele responde:

—É meu primeiro dia como professor, em Cambridge. Perdido em meio à multidão de garotos inquietos, não conseguia encontrar minha sala de aula. Além disso, o labirinto de corredores góticos aumentava a confusão. Decidi, então, procurar ajuda dos funcionários que limpavam as instalações. Então, procurei uma guia feminina -antes de continuar, ele serve um copo de uísque-. Ao longe, pude ver um coque avermelhado. Separei os jovens. Perto da pequena senhora, pedi sua orientação. Quando ela se virou, transformou-se em uma jovem de rosto sardento, que respondeu com todas as palavras obscenas conhecidas por um vulgar cocheiro de Londres. No entanto, o pensamento estereotipado que eu trazia comigo foi o melhor erro que já cometi. Por meio dele, conheci a fada dos meus sonhos.

Entre risos e pequenas lágrimas, ele continua:

—Isadora, por você eu troquei as capas duras da exatidão do conhecimento, pelo futuro incerto que está escrito em cada amanhecer. E não me arrependo, embora por um ano você tenha se recusado a aceitar meu amor.

A frágil mulher tenta aliviar a dor que causou com seu pedido e, com um riso sofrido, diz:

—Reconheça que você merecia. Embora fosse difícil para uma mulher dedicar sua juventude ao estudo da química ou da botânica, já não éramos poucas as que acedíamos a esses estudos universitários. Além disso, eu estava elegantemente vestida e, em vez de um esfregão, eu tinha livros. Sendo você um professor, a observação o traiu.

Ele a ouve com devota admiração. Ela retribui, decidindo que sua morte prematura não poderá separá-los.

Quando a criada entra com o bule de porcelana, as torradas e a geleia de framboesa, ela encontra o ar renovado.

Isadora busca forças para realizar o desejo de eternidade junto ao marido. Por isso, ela informa sua fiel empregada sobre sua necessidade:

—Minha querida, ajude sua senhora. Preciso ir ao meu escritório.

—Isadora...

—Quero alimentar meus sapos: faz três meses que não os vejo. Além disso, vou trazer folhas daquele chá em que estive trabalhando e que você tanto queria experimentar.

—Ah, você e seus sapos coloridos. Lembra quando um escapou e o coitado do Sir Archival o pegou e mastigou?

—Lembro-me de sua língua azul e de seus olhos rígidos.

—Ele era um belo buldogue, quarta geração de um puro-sangue. Parente de um dos cães que Churchill criou.

—Um guloso que você nunca soube como educar, e o que o homem não educa, a vida é quem faz.

A governanta deixa a bandeja na mesa auxiliar, encerrando a conversa. Em seguida, ajuda ela a se erguer. Apoiando em seu ombro o braço frágil dela, leva-a lentamente para o escritório. O homem se oferece para ajudar, mas a esposa o recusa com veemência, dizendo:

—Baltimore, preciso do nosso mapa. Quero lhe explicar como será a última viagem planejada.

Quando as mulheres abandonam o quarto, o dedicado marido abre o baú onde guarda o mapa, juntamente com suas lembranças mais preciosas. Tem fotos dela em um camelo com as pirâmides como testemunhas, ou molhando os pés ao lado das cinzas de cadáveres que viajam para o além. Também tem folhas cheias de frases estranhas que Isadora gostava de escrever, depois de conversar com os habitantes de lugares distantes. São centenas de objetos que adquiriram a essência dessa mulher enérgica, que ele ama e não quer deixar partir. Ele pensa em como será o futuro sem ela.

Quando ouve os passos novamente, ele decide esperar sentado na poltrona Berger ao lado da cama. Sabe que ela gosta de vê-lo ali. Ela sempre diz que a cor carmesim do veludo combina perfeitamente com sua pele dourada. Mantendo a esperança, estende o mapa em seu colo e vê o último itinerário que eles montaram: o Golfo do México no início, Nova York no final. Ele se lembra da promessa de uma imagem juntos aos pés da Estátua da Liberdade... Lá, eles capturariam o pôr do sol. O brilho tênue dos olhos verdes silencia a dor. Aguarda.

Em meio a risadas alegres, as mulheres retornam. Com passos curtos, mas seguros, elas trocam olhares. Sentindo que o homem está observando atentamente cada um de seus movimentos, elas decidem se despedir com um beijo. A governanta retorna aos seus afazeres.

Isadora continua andando em direção à bandeja do café da manhã. Baltimore decide ajudá-la, mas ela levanta a mão e o detém. Depois de alguns minutos, ela consegue alcançar o bule de chá. De um envelope de linho egípcio, ela extrai folhas e pétalas, que coloca no difusor. Enquanto as plantas dissolvem sua essência, com grande esforço ela se deita. O homem espera para estender o mapa na frente dela. Quando percebe que a força retorna ao corpo debilitado da mulher, ele serve o chá e pergunta:

—Você quer comer alguma coisa?

Ela o tranquiliza:

—Querido, sente-se e viajemos mais uma vez, mesmo que seja em sonhos.

Percebendo o que está acontecendo, Baltimore entrega a xícara à esposa, levanta a sua e volta para a poltrona para beber o primeiro gole. Então ele descobre que a água está fria. Ele sempre detestou o sabor amargo que a falta de temperatura produz nos prazeres. Mas como sua esposa dedicara grande parte de sua vida ao estudo da excelência dos chás, ele continuou. Portanto, para evitar que ela descobrisse sua repulsa, bebeu tudo de um gole só.

Atenta, a mulher espera que o marido coloque a xícara no colo para falar. Quando ele o faz, abaixa o dedo indicador sobre o mapa opaco e diz:

—Você se lembra de qual é o destino final da nossa viagem?

—Nova York, nos beijando aos pés da Estátua da Liberdade.

—Precisei de muitas noites para entender que esse beijo não aconteceria em frente ao monumento.

—Não fale isso.

—Por quê? A morte nos impede de realizar essa viagem? Ou você acha que sem aquele corpo frio de metal não poderemos nos beijar como no primeiro dia?

—Que o seu ponto de vista seja a esperança do amanhã naquele lugar!

—É disso que se trata, do instante que virá e nos permitirá beijar um ao outro sem agonia, como naquela primeira vez, tão juvenil, tão única.

Ao ver que cada palavra que sai dos lábios finos de sua amada não retornará, o homem sente seu peito se fechar. Sente a falta de saliva na boca e formigas subindo pelos braços. Sente que ele também está começando a morrer.

O espírito desenfreado da mulher busca a liberdade do corpo que a corrói e, apontando para Nova York, ela diz:

—Querido, está na hora. Eu espero por você com aquele beijo de liberdade, aos pés da estátua. Espero por você para capturar o sol poente -e deixa cair a xícara que, livre, rola sobre os lençóis. Agora, ela o observa com frieza.

Ouvindo que exala a vida, Baltimore decide guardar o último beijo da esposa, mas seus músculos se agarram ao sofá. A dor no peito avança até os olhos. O chá acaba de depositar, em cada minúsculo espaço de seu corpo, a essência que Isadora preparou. A ardência em seus lábios o leva a conter o beijo. Tentando sorrir, ele observa sua mulher. Em paz, ele vai ao seu encontro. Seus olhares translúcidos se unem enquanto sua xícara também cai.

A gringa

Em um momento, o céu escondeu
a lua e o caminho desapareceu
(...) Quando senti sua respiração
alimentando a minha, compreendi
a distância que nos separava.
Suavemente, beijei ela.

07

Lembro que, em 1974, vi um anúncio da caminhonete Ford F-100. Eu tinha apenas 5 anos de idade. A narração em voz grave descrevia as qualidades da "raça forte" enquanto um avião militar Hercules descia. Em determinado momento, a aeronave abria sua escotilha e o veículo caía de uma altura de cerca de 20 metros. Ele batia no chão com força. Em seguida, quicava várias vezes e, sem interromper sua corrida louca, arrancava e saía em disparada com violência. Indestrutível. Fiquei admirado e obcecado.

Por esse motivo, quando terminei meus estudos de segundo grau, comecei a economizar para comprá-la. Levei seis anos, uma vez que a solidão, minha única companheira, me impedia de fazer gastos desnecessários.

Quando consegui atingir minha meta, fui ver meu amigo, o Russo Verebisky, e o convidei para pescar dourados na província de Corrientes. Expliquei-lhe que não precisava contribuir com seu dinheiro, caso contrário ele desistiria. Na cidade, sabia-se que ele não levantava a mão para não desgastar a articulação do ombro.

Era o verão de 1995 quando partimos para Corrientes, para a cidade de Esquina. Saímos ao amanhecer. Como em toda viagem, um leque de sensações indeléveis se abriu: o amanhecer sobre a ponte Zárate Brazo Largo, com o delta do rio Paraná abaixo. A província de Entre Ríos e suas planícies verdes. Pontos de controle rodoviário onde o sotaque dos gendarmes informava-nos onde estávamos no mapa. O *choripán* ao meio-dia banhado em *salsa criolla* e o *chipá*[1] correntino à tarde para acompanhar o chimarrão. Uma espiral de emoções que nos levou ao nosso destino quase ao anoitecer.

Ao entrarmos na cidade, achamos curioso o fato de haver poucas pessoas nas ruas, já que era sexta-feira, e porque esse é um dos locais privilegiados para a pesca do dourado. O Russo, sempre otimista, disse:

—Mais dourados para nós.

Dado que não tínhamos feito reserva, perguntamos para um vizinho do local onde poderíamos conseguir um quarto. Com um sorriso amigável, ele nos encaminhou a um posto de gasolina. Quando chegamos, reparei que o funcionário estava sentado sob a sombra do telhado de zinco. Cordialmente, disse a ele:

—Boa tarde, senhor. Tanque cheio, por favor.

---

1 Sanduíche de pão e chouriço, molho e pãozinho de queijo: alimentos muito populares na Argentina.

Meu tom despertou o funcionário de sua letargia e seu cachorro, que com alguns latidos indicou que não nos conhecia.

—Boa tarde, *chamigo*[2]. Trata-se de visita? Ou de despedida de um ser querido?

—Nem uma coisa nem outra. Pesca. Mas antes estamos procurando um lugar para ficar e nos disseram que o senhor poderia nos recomendar onde conseguir um quarto.

Para espantar os primeiros mosquitos, o frentista tirou o boné e o sacudiu. Em seguida, ficou parado como um relógio sem corda. O cão ficou olhando para ele. Acho que, para ajudá-lo a pensar, o Russo Verebisky disse uma frase que, pelo gesto alegre do funcionário, deu-lhe a resposta que ele estava procurando:

—E se o senhor também conhece uma jovem que queira se apaixonar, saiba que meu colega é um homem predisposto ao amor.

—Bem, portenhos, vamos resolver o que vocês estão procurando, mas primeiro deixem-me apresentar: sou Eustaquio Ramírez, mas meus amigos me chamam de "Ventajita" -e ele colocou o boné, deu-nos um aperto de mão e continuou-. Não precisam se preocupar com a hospedagem, podem alugar um quarto que tenho preparado para os

---

2 Vocativo muito comum em algumas regiões da Argentina, decorrente da contração de *che* e *amigo*.

pescadores que nos visitam. No entanto, aviso que amanhã não será possível pescar dourados, pois os guias não estarão prestando serviço devido ao fato de ser um dia de respeito. No entanto, se vocês conseguirem um canoeiro para levá-los até lá, pela Virgem de Itatí, encontrarão o que estão procurando.

Fomos então a uma pequena casa, com paredes em ruínas, onde o tijolo era visível junto com a variedade de cores com as quais havia sido pintada tantas vezes. Depois de fechar o portão da cerca de arame, a esposa de Eustaquio, María, apareceu, seguida pelos cinco filhos. Ele nos apresentou uns aos outros e, em seguida, comentou os motivos de nossa visita à casa.

—Mas, Eustaquio, você não disse a eles que amanhã não haveria pesca? Corresponde! -a mulher o repreendeu.

—Calma, mulher, eles estão procurando dourados ou amor, e um dos dois desejos eles vão cumprir -respondeu o homem, piscando para ela. A esposa respondeu com um olhar travesso no rosto.

Às cinco da manhã, nosso anfitrião nos acordou com chimarrão e rosquinhas. Depois, ele nos disse onde ficava a margem do rio e que deveríamos ir devagar pela orla. Se víssemos um canoeiro na margem, deveríamos perguntar respeitosamente se ele poderia nos levar para pescar. Fizemos o que ele nos disse, mas nenhum deles aceitava. Todos repetiam:

—Hoje é dia de respeito.

Quase desistimos e, no final do caminho, vimos, ao longe, um canoeiro de cabelos brancos e barba longa limpando uma canoa tão velha quanto ele.Quando estacionamos a caminhonete em frente ao homem, vimos que seu rosto se assemelhava ao próprio rio, com suas ondas marcadas. Com pequenos olhos azuis claros e uma pele dourada, bronzeada pelo sol, seu tronco largo e braços fortes, ele parecia saído de uma obra maneirista de Michelangelo.

—Boa tarde, o senhor é guia de pesca? -disse eu em um tom cordial e respeitoso.

Ele olhou para mim cautelosamente e ouviu as palavras enquanto me inspecionava, mas permaneceu em silêncio.

Eu acrescentei:

—É nossa primeira saída para pescar dourados, mas não conseguimos um canoeiro que nos leve e isso é uma decepção depois de uma viagem tão longa, ainda mais neste dia ensolarado.

Ele continuou com a limpeza sem falar comigo.

O Russo, com um aceno de cabeça, indicou-me que fossemos embora. Mas, nesse momento, o velho falou:

—Quem são os senhores e o que fazem?

—Meu nome é Aaron Verebisky -respondeu o Russo-, sou o joalheiro mais famoso e honesto do mundo. A pessoa certa para quando o senhor precisar dar um presente a uma pessoa especial e, se nos fizer o favor de nos levar a pescar, eu lhe darei um preço que é só para a família.

—E o seu amigo, quem é ele e o que ele faz?

—Meu nome é Santiago Funes - disse a ele de forma confiante, olho no olho. Estou no terceiro ano da faculdade de Direito e trabalho em um escritório de advocacia nos tribunais da Capital Federal. E como o senhor se chama?

Sem olhar para mim, o homem disse:

—Eu vou levar vocês. Coloquem suas coisas na canoa.

Ele começou a remar acompanhado por um rio Paraná imóvel que, sob um dia de primavera sem vento ou nuvens, fortalecia suas rugas. No meio do caminho, ele voltou a falar:

—Vou deixá-los em um lugar especial.

Então, tentando ganhar a confiança de nosso guia, eu lhe perguntei:

—O senhor mora nessa região há muito tempo?

Olhando para as ilhas distantes, ele me respondeu:

—Não me lembro mais há quanto tempo moro nesta área. Tudo o que sei é que, a cada dia que passa, estou me unindo mais à natureza.

Quando chegamos a uma das ilhas, combinamos um horário para que ele viesse nos buscar no dia seguinte. Em seguida, quando baixávamos o equipamento de pesca, ele começou a lavar as mãos no rio enquanto cantarolava uma música em outro idioma. Quando terminei, fui até lá para saber o que ele estava cantando, mas ele empurrou a canoa e, sem se despedir, foi embora.

Montamos acampamento em uma clareira para evitar os animais nocivos. Jogamos as iscas na água para começar a pescar e, sentados, conversamos sobre a viagem, o amor e a vida. O Russo compartilhou suas experiências, eu compartilhei meus desejos e, o lugar, uma natureza silenciosa. As primeiras horas se passaram sem nada além de nossas palavras, mas no meio da tarde, quando não havia mais assunto para conversar, ouvimos passos atrás das árvores. Então, o rosto afável de uma jovem gringa apareceu por trás de um sorriso pacífico. Sua voz, em um sussurro, nos cumprimentou:

—Boa tarde.

Nós nos levantamos e, antes que o Russo pudesse fazer outro comentário infeliz, respondi de maneira hesitante:

—Boa... tarde... para você também, senhorita.

A jovem me encarou com seus olhos azuis claros. Ela arrumou seu cabelo loiro, selvagem, e sorriu. Sua beleza era tão forte que me tornei parte do silêncio do lugar e, assim, evitei que meus nervos confundissem as palavras novamente.

O Russo entendeu que era hora de se apresentar:

—Senhorita, meu nome é Aaron. O jovem aqui é o Santiago e estamos aqui para pescar dourados, mas parece que a sorte não está conosco.

A jovem abaixou a cabeça e olhou atentamente para o Russo. O pescoço branco terminava em suas bochechas rosadas.

—Ninguém avisou a vocês que hoje é um dia de respeito e não há pesca?

—Avisaram, sim. Mas como fizemos uma viagem tão longa, não queríamos perder a oportunidade. Eles também nos disseram que...

Novamente eu o interrompi:

—Que se não pescássemos, a viagem ainda assim nos proporcionaria uma experiência inesquecível.

—Aqui, na minha ilha, a natureza sempre proporciona uma lembrança inesquecível -e com alguns passos ela se aproximou de nós. O vestido laranja com desenhos de margaridas tremulava atrás dos movimentos delicados de seus quadris.

O Russo continuou:

—Mas você não nos disse o seu nome...

Ela me olhou e respondeu:

—Helena -senti em seus olhos o ardor do medo que tê-la perto de mim provocava.

—Helena, prazer em conhecê-la. Venha, sente-se e, por favor, ajude esses visitantes a terem, pelo menos, uma mordida.

—Prometo que farei isso se um de vocês me ajudar a resolver um enigma que guardo há muito tempo.

Para corrigir minha covardia, eu disse:

—Cla... claro -no entanto, minha gagueira voltou e fez com que ela risse.

A jovem gringa nos contou que havia nascido naquela ilha. Filha de um barão austríaco e de uma baronesa alemã. Ambos aventureiros, decidiram adquirir essa ilha e as outras ao redor dela. Que no dia de seu nascimento sua mãe estava cozinhando *wiener schnitzel*, prato que se tornaria no favorito seu porque os pedaços de carne, quando saíam da frigideira, tinham uma cor dourada semelhante à do peixe que estávamos procurando. A noite foi caindo e ela descrevia com todas as palavras a felicidade que sentia naquele lugar inóspito. O Russo, prevendo o futuro, avisou-nos que iria buscar lenha para evitar que a noite nos envolvesse na escuridão. Então, ela se sentiu livre para falar além do natural.

—Santiago, posso lhe perguntar uma coisa?

—Claro. O que você quer saber?

—Se você já amou alguma vez...

—Que pergunta difícil. Acho que várias vezes, mas não deu muito certo.

—E o que se sente?

—É estranho. Uma mistura de sensações. Uma grande

ilusão. É imaginar que a pessoa que você ama ficará feliz por você amá-la. É a alegria de pensar em um futuro sem solidão.

—As famosas borboletas no estômago?

Com uma pequena risada, respondi:

—É. O problema é quando o amor acaba e elas tentam sair. Elas arranham a alma batendo as asas, em busca da liberdade.

Olhando para o chão, ela me disse:

—É preferível ferir a alma na fuga do que ver suas asas rasgadas enquanto tentam fugir.

—O que você quer dizer com isso, Helena?

—Certa vez, vi como quatro pássaros pretos, chamados de *mbopi* pelos guaranis, cercaram uma borboleta para comê-la. Ela bateu as asas para fugir, mas eles, por serem mais fortes, a despedaçaram. Essa é uma imagem que não consigo apagar e toda vez que falo em borboletas, lembro-me dela.

Percebi que o fogo, agora em brasa, estava prestes a se apagar. Acendi-o e procurei a pouca lenha que restava para continuar alimentando-o. Helena me ajudou e, na coincidência, a mão dela e a minha roçaram na ponta dos dedos uma da outra.

Quando terminamos, ficamos sentados, em silêncio, de frente para o rio. A brisa fugidia fazia uma suave ondulação.

Ao cair da noite, o Russo apareceu e Helena decidiu que tinha que voltar para casa. Despedimo-nos com um abraço e, enquanto ela se afastava, meu amigo disse:

—Por que você não acompanha ela à sua casa? Devemos ser gratos por todos os conselhos de pesca que ela nos deu.

Lembro que Helena sorriu, corou e esperou minha reação. Com convicção, ofereci-me para acompanhá-la. Então ela abaixou a cabeça e, com uma voz suave, aceitou. A escuridão da noite nos envolveu. A cada passo em direção à sua casa, a selva despertava com os sons de insetos, pássaros e até mesmo com as batidas mortas de decepções vividas.

Em um momento, o céu escondeu a lua e o caminho desapareceu.Na escuridão, senti Helena tropeçar. Antes que ela caísse, porém, minha mão a segurou. Apoiada na força de meu braço, ela se ergueu novamente. Quando senti sua respiração alimentando a minha, compreendi a distância que nos separava. Suavemente, beijei ela. Seus lábios responderam com toques nos meus enquanto a lua a iluminava novamente. Separei minha existência da dela. Estática, ela me observava. No fundo de seus olhos, entendi que eu seria para sempre seu. Entrelaçamos nossas mãos e seguimos para sua casa.

Chegamos a um pequeno chalé escuro, escondido atrás de álamos, salgueiros e jacarandás, com um aspecto de estilo europeu e um jardim de plantas altas ao longo do caminho até a porta da frente. Ele empurrou a porta, que estava destrancada, e me convidou para entrar. De mãos dadas, entrei.

Ela me levou até a lareira para acender o fogo enquanto pegava um cobertor. Quando voltou, estendeu-o e me convidou a sentar ao seu lado. Nas sombras de nossos corpos, caiu a hora da incerteza. Aproximei suavemente meus lábios dos dela e esperei por sua reação. Ela suspirou e inclinou a cabeça. Então, retomamos o ritmo de nossos beijos. Os dedos envoltos em seu pescoço se enroscaram nos cabelos cacheados e aprofundaram o encontro. Formas foram reveladas sob seu vestido e meus anos de espera. Os mamilos se endureceram para dar liberdade ao desejo aprisionado de onde um ser incorruptível buscava emergir, um espírito iluminado por um futuro indelével. E assim, sobre as sombras dançantes, percebi como sua alma se expandiu para o averno da pélvis, de onde capturou o céu ardente dos anjos caídos, até que o cheiro da noite selvagem foi conjurado sob o perfume que criamos.

Quando o amor atingiu sua plenitude, eu simplesmente a observei. Seu rosto descansava em suas mãos para evitar que o frio a absorvesse. Os olhos me presenteavam sua paz apaixonada. Os brilhos da lua cheia davam ao seu corpo suado a aparência do mármore do qual foi feita a escultura da Medusa. O último pensamento antes de cair no estado de inconsciência do sonho me ensinou que, às vezes, é preciso esperar uma vida inteira para descobrir o amor.

O calor do amanhecer me aqueceu e encerrou a noite. Virei-me para beijar Helena. Ela não estava lá... De uma forma vaga, lembrei-me de que, no meio da noite, ela havia sussurrado:

—Devo voltar com meus pais...

A mente incompreensível das palavras inacabadas me levou a procurá-la. Ao inspecionar sua casa, notei que ela tinha diferentes manchas de umidade, onde as aranhas aguardavam seu alimento. Que o sol, apesar de brilhar intensamente, dava uma luz fraca devido à sujeira nos vidros e que, além disso, o fogo que havia se apagado era um entre muitos. Tomado pela confusão, verifiquei o restante da cabana. Buracos em certos lugares do teto. Dois cômodos. Um vazio e o outro com as respostas da realidade que o inconsciente conhecia: em uma cama de solteiro e em um colchão velho, estavam os restos desfiados de um vestido laranja com margaridas. Com força, a guinada do destino me mostrou a imagem de Helena, rodeada de velas derretidas em um criado-mudo com acessórios dourados. Para evitar que as sensações me afogassem, saí em busca do Russo.

Quando cheguei ao acampamento, notei que meu amigo estava me olhando de longe com uma expressão astuta. No entanto, seu rosto mudou quando viu o meu.

—Russo, diga-me que a Helena veio aqui esta manhã.

—Rapaz, pensei que ela ainda estivesse com você e que estivessem preparando uma segunda rodada de amor matinal -respondeu ele, tentando entender a minha cara-. Aconteceu alguma coisa? Porque ela não apareceu aqui.

Contei a ele o que havia acontecido e ele me pediu para levá-lo ao local. Sua cara de espanto, ao chegar e inspecionar a cabana, era pior do que a minha. Apressadamente, voltamos ao acampamento para aguardar o retorno do canoeiro. Durante o resto do tempo, desmontamos tudo sem dizer uma palavra. O silêncio da selva que nos envolvia nos dava uma certa paz.

Às quatro horas da tarde, nosso transporte chegou. O velho nos olhou atentamente e esboçou um sorriso, depois perguntou:

—Qual é o problema, senhores, vocês não gostaram do lugar que escolhi pra vocês ou tiveram uma péssima pescaria?

Com agilidade, colocamos tudo na canoa e, quando estávamos a cerca de vinte metros da margem, contamos a ele o que havia acontecido. Ele ouviu com atenção.

—Cerca de cem anos atrás - disse ele, olhando para a ilha que estávamos deixando -, uma das famílias pioneiras veio morar nessa ilha. O nome da mulher era Helga, uma bela alemã. Seu marido era um austríaco de origem nobre e aventureiro, chamado Von Bemberg. Eles tinham uma filha, que batizaram de Helena.

As bocas abertas do Russo e de Santiago roçavam a borda da canoa.

—Os três eram felizes nessa ilha -continuou o velho-, até que um dia um grupo de quatro lenhadores da madeireira Altos del Paraná visitou o lugar para pescar. Quando encontraram a jovem sozinha, eles a estupraram e mataram. O sistema judiciário agiu corretamente, pois todos nós nos conhecemos no povoado, e foi fácil deduzir que tinham sido os forasteiros.

—As aves pretas…

—Eles foram levados para uma prisão, onde apodreceram por causa de sua maldade. Mesmo assim, a família ficou destruída. A mulher morreu alguns anos depois e o barão se tornou um eremita. Dizem que toda vez que chega a data de sua morte, o espírito da moça percorre a ilha em busca de um amor puro, já que ela, quando morreu, nunca havia amado. É por isso, meus amigos, que ninguém vai pescar em um dia como o de ontem, mas vai à missa para rezar pela paz da alma da jovem virgem.

O Russo rompeu a paz do lugar e o olhou nos olhos:

—E por que não nos contou isso ontem?

—Porque vocês vieram para pescar ou para conseguir amor. Onde estão seus peixes, senhores?

Nenhum dos três disse mais nada. Quando chegamos à beira do rio, descarreguei nossos pertences, enquanto o Russo mordiscava o ar e o velho lavava as mãos no rio. Ao som das ondas era possível ouvi-lo cantarolar a mesma canção de outrora. Quando coloquei o último objeto na caminhonete, virei-me para lhe pagar, mas sua silhueta estava se afastando rio abaixo.

O Russo olhou para mim e disse:

—Rápido, não quero mais surpresas.

Embora já estivesse na hora de voltar, devíamos ir cumprimentar o frentista do posto de gasolina, como havíamos combinado na sexta-feira.

O homem estava debruçado sobre a bomba. Com ar de herói triunfante, ele nos perguntou:

—Então? Vocês encontraram o que estavam procurando?

Senti que ele sabia de antemão o que iria ouvir. Interiormente, eu o amaldiçoei, embora hoje eu o agradeça. Contei em detalhes o que havia vivido, inclusive a jura de amor eterno.

Quando terminei, ele tirou o boné, deu um tapinha no meu ombro e disse:

—Obrigado. Isso faz com que a vida no rio prospere

por um ano, porque a alma de Helena e seu pai, o canoeiro, descansam até o próximo aniversário.

Com palavras engatadas, Verebisky lhe perguntou:

—O quê, como a de seu pai?

—Não perceberam que a pessoa que os levou à ilha era o fantasma do Barão Von Bemberg? Ele faz isso a cada ano. Ele procura um bom rapaz que ame sua filha pelo menos por um dia e, assim, poupar-lhe a dor de ter levado os quatro lenhadores que a mataram para pescar em sua canoa.

Olhamos fixamente para ele, apertamos sua mão por educação e saímos. Voltamos em silêncio, quase sem olhar um para o outro.

Warg

Quando Ritter as cumprimentou, as crianças gritaram e correram em busca da mãe. Para elas, ele era um estranho. No entanto, por meio do abraço, da carícia e do beijo entre os amantes separados, entenderam que seu pai tinha voltado.

08

Quando a guerra terminou, Ritter Von Langermann foi feito prisioneiro, uma situação que ele aceitou com orgulho. Admirador do Führer e firme defensor dos ideais nazistas, ele entendeu seu destino após a queda.

Natural da Floresta Negra, ele cresceu em Friburgo. De linhagem histórica, suas raízes paternas remontavam aos criadores de cães de caça da última dinastia, e as maternas, ao comércio de alfaiataria da corte.

Devido à sua experiência no treinamento da famosa raça de cães pastores alemães, o corpo de elite que cercava o Führer rapidamente o recrutou para chefiar o grupo de combate a cães conhecido como K-9, uma situação que o deixou muito satisfeito. Graças à sua dedicação, seus cães obtiveram vitórias renomadas, embora não tenham alcançado para construir o imperialismo do Reich.

Durante seu julgamento, ele teve a sorte de ser reconhecido apenas como instrutor, e não como general de campo, o que significou que ele evitou a condenação por crimes de guerra. Além disso, devido à escassez de homens alemães que tinham sobrevivido aos combates, os poucos que ainda estavam de pé deveriam ser libertados, sob condições aceitas em todo o mundo, e assim usados na reconstrução das cidades que agora pertenciam ao Exército Vermelho ou aos Aliados.

Ritter tinha dois filhos que ele não conhecia, pois tinham nascido durante a guerra. Uma menina chamada Helga e um menino apelidado de Ferdinand. Ele também tinha um cão pastor, parecido com um lobo mitológico de um conto medieval, que chamou de Warg e levou consigo quando foi recrutado. Ele era seu líder na preparação do restante dos animais de combate. O homem admirava esse exemplar. Em sua mente, o manto preto lembrava a capa do grande hierarca nazista, cujo pelo marrom, ao passar, assegurava a sua superioridade acima do solo conquistado pela mãe ariana. O olhar da fera acrescentava um certo misticismo, pois os olhos ardentes transmitiam a morte quando fixados em um determinado ponto.

No dia de outono em que ele entrou pelos restos do pórtico da cidade, disseram-lhe que ele estava ausente há sete anos. Os idosos, encostados nos restos das paredes das casas que não caíram nos bombardeios, o reconheceram não pela aparência envelhecida e meditativa, mas pelo cachorro, que ainda tinha o mesmo porte altivo com o qual partira. Eles o cumprimentaram com respeito, sem fazer nenhuma pergunta sobre o que tinham vivido.

Ao chegar em casa, ele notou que o muro alto de cor terracota, que ele havia construído para que as crianças da vizinhança não incomodassem seus cães enquanto ele os treinava, ainda estava de pé, assim como a placa pintada à mão pela esposa e que dizia: "Alfaiate a domicílio". A porta verde, de uma folha só, revestida com um simples olho mágico, estava fora de esquadro devido à ferrugem nas dobradiças. Ao entrar, a paz abandonada encheu seus olhos de dor pelo tempo que tinha transcorrido. Ele reorganizou o quebra-cabeça dos objetos que guardava no quintal, notou que várias árvores tinham desaparecido, assim como os postes de madeira que usava para treinar os cães. O jardim não estava mais decorado com os crisântemos que sua esposa cuidava com tanto zelo, e no gramado tinha um chiqueiro, de onde duas crianças pequenas o observavam com medo.

Quando Ritter as cumprimentou, as crianças gritaram e correram em busca da mãe. Para elas, ele era um estranho. No entanto, por meio do abraço, da carícia e do beijo entre os amantes separados, entenderam que seu pai tinha voltado. Finalmente, as palavras de mamãe Gretchen cumpriram-se e os anos de dor e desespero terminaram. Mas foram necessários muitos dias para que se estabelecesse um relacionamento entre os quatro, e isso aconteceu por meio de conversas de guerra, abraçados no calor da cama ou compartilhando uma refeição quente nas noites frias.

Com o retorno dos homens aos seus lares, a comunidade iniciou a reconstrução da cidade com a autorização dos franceses que a governavam. A maioria das bombas já havia sido removida com a ajuda de Warg. O cão, um especialista em reconhecer armas de guerra, gostava de encontrar os artefatos e os cidadãos o recompensavam com grandes pedaços de ossos com carne, que o cão compartilhava com a família de seu dono na forma de ensopado nas noites magras.

Os homens projetaram a escola, o hospital e outros prédios essenciais para voltar a sentir que viviam em uma sociedade democrática. No entanto, em algumas noites, eles foram descobertos pelas esposas abraçando os uniformes que estavam pendurados nos guarda-roupas. As jaquetas marrons ao lado dos sobretudos militares produziam a nostalgia de um sonho quase alcançado. Os lenços vermelhos com a poderosa cruz estavam adormecidos em seus esconderijos de metal sob o assoalho das casas.

O rigoroso inverno ártico chegou e, com ele, a realidade de uma cidade desprotegida. A fome, aliada às energias gastas pelo trabalho árduo, causou divisões entre as pessoas. Todos lutavam pela subsistência. Os pedaços de lenha da floresta ajudavam a aquecer as casas, mas não a encher os estômagos, e isso traumatizava Ritter. De alguma forma, isso o lembrava do que ele tinha visto nos campos de concentração. O destino revidou, transformando seus filhos em criaturas famintas a cada dia que passava. Além disso, eles não tinham casacos de inverno, pois com o rápido crescimento tudo parecia encolher. Se ao menos houvesse mais artefatos a serem descobertos, as pessoas recompensariam Warg e eles poderiam sobreviver.

Vendo a extinção de sua família, ele decidiu ir caçar. Talvez o destino lhe desse um javali para servir naquela noite ou um veado. Despendurando o sobretudo militar, ele se vestiu. Carregou a espingarda de caça, herdada de seu pai, a Luger 9 mm e a bolsa de combate. Ele também carregava um canivete, linha e agulha para tratar eventuais ferimentos, explicou. Ele se despediu da esposa e dos filhos e partiu com seu cachorro em direção à floresta enevoada.

Ao ingressarem, o ar gelado atacou Ritter e Warg pelas costas. Para não serem descobertos pelas suas peças, devido ao cheiro de seus corpos, o homem e o animal se agacharam. No entanto, por dois dias, o objetivo não foi alcançado.

Quase sem forças, o soldado decidiu voltar para casa e morrer com os seus, mas a besta encontrou um rastro que, ao longe, no leste, mostrava um veado esguio. Furtivamente, ele avançou, sedento pelo sangue quente, mas o animal saltou para dentro da densa floresta nevada.

Warg se levantou ansiosamente e correu atrás da caça, apesar de seu dono ter gritado para que ele parasse e esperasse por sua ajuda. Os golpes de chifres e dentes ecoavam de volta para Ritter, misturados com mordidas e uivos. Com a ajuda do fuzil, o homem apressou os passos até chegar ao companheiro, que gemia na neve. Ele tentou estancar o sangramento com a ajuda de seu casaco, mas a torrente atravessava o casaco e aquecia a neve ao redor do corpo. De longe, o veado vermelho observava sua vitória.

Apressadamente, ele pegou a linha e a agulha e tentou fechar o ferimento, mas o ronco de dor o impediu na terceira investida. Quase desfalecido, Warg se apoiou na perna direita do homem. Ele mordeu a Luger e olhou para seu dono.

—Nem pense nisso! -e, com o resto de suas forças, tentou levantá-lo. O grito de dor da besta o interrompeu.

O cão olhou fixamente para o dono e este colocou a pistola sobre a cabeça do cão. Sem olhar, ele apertou o gatilho. Depois do disparo, o calor da respiração de seu animal desapareceu.

Nos dias seguintes, não houve notícias do guerreiro. No entanto, quando se pensava que estava morto, ele foi visto no meio da estrada, apenas em uma aparência espectral.

Quase congelado, foi levado para casa por alguns vizinhos. Depois que o fogo restaurou o calor do sangue, ele abriu a bolsa de guerra e dela extraiu grandes pedaços de carne e dois casacos forrados de pele que diferiam na cor da pele. Ele vestiu Ferdinand de preto e Helga de marrom. Ao ver os casacos em seus filhos, Ritter entendeu que o sacrifício do líder do regimento K9 não tinha sido em vão. Compreendeu que o sonho não estava perdido.

O Grande Braslasky e seu coelho preto

"Ele tentou reverter o repúdio que causava, mas a cada vez que tentava fazer amigos ele era deixado de lado. Cansado de não ser reconhecido por ninguém, ele se dedicou a simplesmente existir".

09

Don Álvaro Urquiza, aos 25 anos de idade, já era proprietário de algumas centenas de hectares de terra perto de Santa Rosa, La Pampa. Católico devoto, ele mandou construir uma capela bem cuidada perto da fazenda da família, onde todos os domingos era realizada uma missa para sua esposa Darina Braslasky, uma jovem búlgara que ele conheceu em uma viagem de negócios a Buenos Aires, seu filho Victor e os empregados. A irmã gêmea de sua esposa, Iskra, que morava em uma área remota, não comparecia à missa.

Desde cedo, o menino, único herdeiro do fazendeiro, foi iniciado pelo homem nos costumes do campo. Assim, aos dez anos de idade, ele se destacava como um cavaleiro, tropeiro e abatedor de gado, coisas que ele gostava muito, pois naquela região árida e remota havia poucas distrações para sua mente.

Outro fato da vida diária que o mantinha longe do tédio era a visita à casa de sua tia. Isso geralmente acontecia na primeira lua cheia da mudança de estação. Naquela época, a mãe mandava para a gêmea um galo ou carneiro preto, que ele levava a galope.

A tia Iskra era parecida com a mãe, exceto pela cor de seus olhos cinzentos. A mulher vivia em completa solidão em uma casa com paredes ocres, telhado vermelho e aberturas feitas de madeira, que não tinha cerca de arame ou rua de ligação, sendo a única cerca os espinheiros e alfarrobeiras ao redor. Evitava reuniões de campo e só conversava com a criança ou com algum vizinho que a procurava para prever o futuro. Nesses últimos casos, se a resposta ao pedido não fosse encontrada nas palmas das mãos, ela recorria a um antigo livro ancestral que indicava, por meio de rituais erráticos, como ela poderia ser alcançada. Em seguida, vestia a criança com uma túnica de enfeites estranhos e a convidava a participar como seu acólito. O menino, que estava acostumado a ajudar na matança de animais de fazenda, concordava alegremente. Nos fundos da casa, na clareira deixada pelo bosque e sob a luz da lua cheia, Iskra Braslasky recitava os encantamentos enquanto o garotinho cortava a garganta do animal que sua mãe havia enviado. Depois, quando a última gota de sangue caía no chão, ele era esquartejado, envolto em uma mortalha e enterrado. No final do ato, ele era recompensado por sua tia com beijos e suaves carinhos.

Apesar de sua inteligência, o garoto não recebeu educação média porque, por ser introvertido, era rejeitado pelo resto dos adolescentes da região. Por essa razão, o crioulo de cabelos louros só oferecia sua amizade adolescente a seu pai e seus mandatos. Buscava, assim, ocupar lugares de destaque na sociedade rural ou nas reuniões de adestramento gaúcho.

Na calma envolvente do campo pampeano, todos os acontecimentos cotidianos transcorreram repetidamente para Victor até os vinte e cinco anos de idade. Nessa idade, a morte ingressou na família. Primeiro foi seu pai, que, talvez devido à falta de medicina profissional e aos males de seu trabalho, morreu repentinamente enquanto dormia. Um ano depois, sua mãe, que caiu da carruagem e esmagou o crânio contra os paralelepípedos na entrada da propriedade. Por fim, sua tia, que, sob um mistério, desapareceu para sempre na clareira deixada pelo bosque de árvores ao redor da casa de campo.

O jovem, sentindo que nada o prendia ao local, decidiu fechar as propriedades, vender os animais e alugar os campos, com exceção de vinte hectares quadrados ao redor da fazenda, pois se por algum motivo desejasse retornar, não queria ser incomodado por olhares curiosos.

Assim que terminou essas tarefas, partiu para a Capital Federal, onde morou por seis anos. Lá, alugou um espaçoso apartamento de três cômodos com vista para os bosques de Palermo. Ele o mobiliou com uma cama de solteiro, um *chiffonier*, vários espelhos de moldura dourada que colocou um em frente ao outro, um tapete arabesco e uma mesa de carvalho com cadeiras para oito pessoas.

Sem necessidade de trabalhar, Victor decidiu dedicar sua vida a conhecer outras pessoas. Todos os dias ele visitava cafés, bares, salões de sinuca, cinemas e teatros. Ele aprendeu gestos, expressões idiomáticas, risos e lágrimas. Aprendeu o que dizer para fazer os outros felizes, irritá-los ou silenciá-los. E naqueles anos de aprendizado, entendeu por que era rejeitado.

Nos meses seguintes, ele procurou reverter o repúdio que causava, mas, apesar do conhecimento que havia adquirido, toda vez que tentava fazer amigos, era deixado de lado. Cansado de não ser reconhecido por ninguém, ele simplesmente passou a existir, indo a lugares onde a fantasia o distraía. Foi assim que, em uma noite de lua cheia, ele se encontrou olhando taciturno para os outdoors da Rua Corrientes, um dos quais chamou sua atenção, em particular, o do famoso mágico Maskelyne. Surpreso com a apresentação auspiciosa que pressagiava o aparecimento de pombas, coelhos ou flores do interior de lenços, cartolas ou dos bolsos de um paletó, ele pagou pelo assento do centro da primeira fileira. Desse espaço privilegiado, ele observou como os movimentos sutis do ilusionista cumpriam sua promessa até concluir o ato com o truque do coelho na cartola.

Ao sair do teatro, o jovem decidiu esperar o mágico para pedir-lhe conselhos sobre onde poderia aprender sua arte. Depois de quase uma hora, no frio da noite de inverno, o grande Maskelyne apareceu. Com muita atenção, ele ouviu as rápidas palavras do rapaz e, sem omitir uma opinião, deu-lhe um cartão. Em seguida, sob o orvalho enevoado de Buenos Aires, ele partiu no carro da empresa, enquanto os olhos verdes do provinciano não conseguiam se desgrudar das letras douradas impressas no papel preto.

Na manhã seguinte, ele escolheu suas melhores roupas, tomou um bom banho e, depois de pedir um táxi, dirigiu-se ao endereço do cartão, Avenida Boyacá, 643. Quando chegou ao local, foi recebido pela fachada de um galpão em ruínas com um portão azul claro desbotado. Sem campainha, ele bateu no metal até que uma voz atendeu. Um homem alto, moreno e de olhos amendoados, semelhante a um guerreiro sarraceno, abriu a porta e lhe perguntou o que ele precisava. Respeitosamente, o jovem apresentou as credenciais dadas pelo mágico, o que foi suficiente para ser convidado a entrar. O anfitrião, chamado Mormo, após uma longa conversa, entendeu a necessidade do jovem. Por essa razão, trabalhou com ele durante dois anos na arte da mágica, da ilusão e do hipnotismo. Ele lhe mostrou como distrair as pessoas com uma história sobre um objeto que ele transformaria com seus poderes mágicos. Também como lidar com o entorpecimento das pombas que ele guardaria no seu fraque de mágico, bem como com o coelho na cartola e, especialmente, como guardar os segredos de sua arte no grande baú que tudo esconde. Quando o tempo de sua preparação terminou, o Grande Mestre lhe deu dois objetos: uma cartola carmesim com fundo duplo e o baú oriental contendo os objetos mágicos com os quais ele foi ensinado. Por último, antes de fechar a porta em ruínas, ele lhe deu cinco cartões pretos com o título "O Grande Braslasky" escrito em letras douradas, o nome pelo qual ele seria lembrado daquele dia em diante. Com um aperto de mãos, os dois cavalheiros se despediram para sempre.

Confiante no que havia aprendido, o novo mágico alugou o teatro Esplendid. Em seguida, mandou imprimir grandes cartazes para apresentá-lo na marquise de vidro e, para incentivar o público a comparecer, colocou ingressos a baixo custo. Assim, apenas quarenta dias após sua saída do galpão da Rua Boyacá, ele se apresentou na última sexta-feira de março de 1957 diante de algumas pessoas. Apesar do fracasso do show, Victor incentivou o espírito do Grande Braslasky, que continuou a fazer o show por dois meses. Entretanto, ele nunca foi reconhecido na metrópole e decidiu voltar para sua residência na província.

De volta à fazenda, ele começou a reorganizar o espetáculo. Para isso, primeiro comprou uma caminhonete Chevrolet de caixa curta, que usaria para transportar os animais e o baú do mágico. Em seguida, mandou derrubar a capela e colocar a coelheira e o pombal em seu lugar. Por último, ele se dedicou a conseguir os animais para seu show. Para isso, visitou um velho conhecido da família, Don Hermenegildo Flores, que tinha animais de fazenda à venda. Lá ele comprou um casal de coelhos brancos, dos quais ele esperava que nascessem os coelhos que treinaria para seu último truque, e os pombos que o velho possuía porque era membro honorário da Federação de Columbofilia de La Pampa.

Enquanto aguardava o nascimento da ninhada de coelhos, ele preparou o local que usaria como camarim. Escolheu a antiga cabana da tia Iskra. Lá ele levou o baú em sua caminhonete. Antes de descarregar o objeto, decidiu inspecionar as condições em que se encontrava. Ao abrir a porta, ele reparou que a poeira e as sombras haviam dominado completamente o local. Limpou cuidadosamente cada espaço e separou os objetos que não serviam para nada, como sua velha túnica, que queimou na clareira nos fundos. Ele guardou apenas o velho livro de feitiços ancestrais, que colocou dentro do baú. Convencido de que aquele era o lugar certo para desenvolver sua magia, ele praticava todas as manhãs o que tinha aprendido com Mormo.

No nonagésimo dia, desde a chegada do casal de coelhos, cinco coelhos jovens apareceram na toca, quatro brancos e um completamente preto, algo impossível, pois só se poderia esperar que fossem da mesma cor de seus pais. Por curiosidade, Victor tirou toda a família da toca e os levou para a cabana. Lá, ele se trancou no quarto de sua tia e primeiro verificou o corpo do macho, que estava imaculado. Depois, a fêmea. Ele encontrou uma pequena bolinha preta, semelhante a uma pinta, escondida sob a pata dianteira esquerda. Ao descobrir o problema, ele se propôs a matar o coelho preto, mas se lembrou de que, na infância, sua tia havia lhe ensinado que coelhos pretos só deveriam ser mortos em circunstâncias especiais.

Com a passagem dos dias, as bestas foram ensinadas a não mover os membros ou emitir qualquer som quando estivessem sob seu comando. A única exceção era o coelho escuro, que ele deixava trancado em uma gaiola com cadeado. Além disso, ele começou a trabalhar na campanha publicitária para o espetáculo que apresentaria no teatro espanhol de Santa Rosa, ao início do outono.

Na noite da apresentação, o teatro estava lotado. Ele então pediu ao proprietário que abrisse a cortina e, com um carisma mágico, começou a fazer seus melhores truques. Em meio a aplausos, sons de espanto e risadas, o Grande Braslasky conseguiu fazer emergir lenços de cores diferentes de sua boca, pombas de seus bolsos e até mesmo um buquê de flores de sua varinha mágica.

Assim, o mundo de reconhecimento com o qual ele sonhava chegou. Somente o choro de uma garotinha, que ficou olhando para ele durante todo o show, não permitiu que sua felicidade fosse completa. Para evitar a insatisfação, ele a convidou para subir ao palco e encerrar o espetáculo com o truque do coelho na cartola. Quando ficaram de frente um para o outro, o mágico abaixou a chapéu para que o rosto pálido pudesse ver que não havia nada dentro do cetim preto que cobria as paredes. Em seguida, pediu que colocasse as mãos dentro da cartola e, dizendo algumas palavras mágicas, liberou o coelho de seu esconderijo escuro. Os dedos moles, sentindo o batimento cardíaco da besta, se levantaram com pressa e revelaram o coelho, que era preto. Incrédulo por não ver o branco, o mágico deu um sorriso forçado e terminou sua estreia sob os aplausos da multidão.

Depois que a cortina vermelha se fechou, ele colocou todos os seus utensílios no baú, os pombos em suas gaiolas e o animal desprezível entre a camisa e o fraque. Sem cumprimentar o público que o aguardava na entrada, ele se dirigiu à cabana para ver o que havia acontecido com o animal que ele havia preparado para o ato da cartola. Ao entrar no quarto, encontrou a inocente criatura esquartejada. Ele colocou cuidadosamente um dos cartões pretos e cada parte da besta dentro de uma minúscula peça de roupa, enterrando-as no fundo do local. Depois, decidiu que naquela noite descansaria na clareira deixada pelas árvores ao lado da sepultura.

Duas semanas após a apresentação, ele decidiu levar sua arte para outra cidade, General Acha. O povoado não tinha a estrutura teatral de que ele precisava para encenar seu espetáculo, de modo que ele alugou o salão de festas da escola primária local. Então, em uma noite gelada, o Grande Braslasky apareceu. Famílias fascinadas o aplaudiram e ele exaltou seu espírito a tal ponto que escolheu dois gêmeos do público para fazer aparecer o coelho. No entanto, os pais recusaram a escolha e ele teve de recorrer a uma adolescente que levantava os braços, ansiosa para participar. Depois de colocar as mãos dentro da cartola, o ilusionista disse as palavras mágicas e um coelho branco apareceu.

Ao contrário da apresentação na cidade de Santa Rosa, ele cumprimentou o público. Em seguida, foi jantar em um restaurante rural à beira de uma estrada deserta. Lá, os moradores o cumprimentaram com admiração quando ele entrou. Agradecido, ele se envolveu em longas conversas com os comensais. Ele também mencionou a importância da magia e da fantasia para as crianças e a decepção que sentia com a recusa de alguns pais em permitir que seus filhos se aproximassem das artes do mistério. Para evitar o sentimento de frustração, um vizinho lhe disse que, por exemplo, os pais dos gêmeos na verdade zelavam seus filhos pequenos porque eles os tiveram depois de décadas de espera. Que ele não precisava se preocupar porque eles não podiam nem mesmo participar de competições de adestramento. Agradecido pela explicação, o Grande Braslasky pagou o jantar de todos os presentes e se retirou para a fazenda. Quando chegou, à meia-luz, abaixou as gaiolas dos pombos e do coelho e foi dormir.

Quando amanheceu, ele foi devolver os animais aos seus lugares e descobriu que faltava o coelho branco. Com pressa, Victor verificou a caixa da caminhonete e encontrou o coelho preto olhando para ele. Confuso, ele o pegou pelas orelhas e o jogou em sua gaiola. Para se acalmar, ele preparou a mangueira com a qual enchia os bebedouros e lavou a caminhonete, pois desde sua primeira função na província ele nunca tinha removido a sujeira que as bestas deixavam. Enquanto limpava a imundície, concordou que o Grande Braslasky não faria outra apresentação. Então, ele voltou ao seu quarto para guardar o fraque de mágico, que deixou cair no chão. Quando levantou a roupa, descobriu que os bolsos externos estavam encharcados de sangue. Em seguida, ele se aproximou e verificou o interior de cada um deles. Dois coelhos brancos jaziam com suas gargantas cortadas. Com certo grau de repulsa, ele colocou os corpos entre lençóis e os carregou para os fundos da casa de Iskra, onde os enterrou, junto com os cartões, depois de esquartejá-los.

Passou-se um ano até que o homem sentiu que a força obscura de seu coelho preto estava atenuada. Então, decidiu que era hora de o Grande Braslasky aparecer novamente. O local escolhido foi a pequena cidade de Macachín. Na região, sabia-se de seus dons e do que acontecia toda vez que ele aparecia e, embora nunca tenha sido possível demonstrar que os desaparecimentos dos pequenos estavam diretamente relacionados ao seu show, decidiram não alugar um lugar para ele se apresentar. Frustrado com a rejeição, o hipnotizador decidiu tomar um refrigerante na praça principal da cidade. Devido ao início do frio do inverno, poucas pessoas estavam perambulando entre as estátuas e os caminhos ornamentados. Concentrando-se nas poucas crianças que estavam por perto, ele procurou alguma que estivesse distraída para mostrar o ato da aparição do coelho. Escolhendo um menino de olhos verdes e cabelos pretos, ele tirou vários lenços coloridos na frente dele para fazê-lo rir e depois o convidou a colocar as mãos dentro da cartola. Assim que o menino fez isso, Braslasky liberou a besta escura que saltou sobre o rosto inocente. Temendo que alguém tivesse visto o que tinha acontecido, ele pegou o coelho preto e o jogou no banco do veículo. Rapidamente, ele arrancou e fugiu sob os gritos desesperados dos pais da criança.

Sem parar na entrada da fazenda, ele continuou em direção à cabana. Lá, ele tentou cortar o corpo branco do menino, mas quando ouviu o som das sirenes, compreendeu que o tempo não lhe permitiria fazer isso. Então, ele voltou para a caminhonete e, depois de abaixar o espelho retrovisor, levantou o coelho preto pelas orelhas e colocou o punhal sobre sua jugular para cortar sua garganta.

E assim a besta viu sua existência chegar ao fim, enquanto ele, o Grande Braslasky, em seu último ato, desvanecia.

Os marionetistas

Com um pequeno canivete, que guardava no bolso de trás, ele removeu parte da carne áspera. Os tendões da ave preta ficaram expostos. Seu Genaro pegou um deles e puxou-o para trás. O músculo de um dedo do pé se mexeu.

Surpreso, Santino perguntou:

—Deixa experimentar?

10

I

Santino ficou fascinado depois de ver o filme Pinóquio e, como toda criança, correu para o pai e pediu de presente um boneco semelhante ao desenho. Seu Genaro, que era um trabalhador incansável e poupador, explicou-lhe que isso era impossível, pois o dinheiro que ele ganhava era destinado à construção da casa. O menino, como qualquer outro de sua idade, não compreendia as necessidades dos adultos e ficava triste ao ver que os personagens fictícios só existiam em sua imaginação.

Os dias se passaram e o homem, vendo que a decepção do filho continuava, decidiu mostrar a ele algo que o avô havia lhe mostrado quando tinha quase aquela mesma idade.

—Santino, venha comigo ao galinheiro.

A indicação lhe pareceu estranha porque, pela manhã, ele havia passado pelo local para colher os ovos do dia. No entanto, sem perguntar, respondeu:

—Sim, papai, estou indo.

Em silêncio, Seu Genaro começou a andar pelo caminho feito de entulho que levava para o fundo do terreno. Depois de atravessar a videira, os limoeiros, figueiras e pereiras e a horta onde cresciam tomates, pepinos, abóboras, alfaces e cenouras, eles chegaram ao galinheiro.

As aves, com repentinas cabeçadas, os observavam. Estavam esperando sua ração diária de restos de legumes ou milho. O homem abriu a porta feita de cano e tela de arame e entrou. Ele a fechou e decidiu qual delas iria pegar. As aves corriam de um lado para o outro para evitar serem capturadas. Pulavam, batiam as asas e cacarejavam. No entanto, a ave preta que tinha sido escolhida, em um descuido, ficou à mercê de seu dono.

—Santino, abra a porta e, quando eu sair, feche ela.

Ele, obedientemente, fez o que lhe foi ordenado.

A ave, pendurada pelo pescoço, aguardava o motivo pelo qual tinha sido retirada do curral. Ao ver o mundo estático à sua frente e sentir seu corpo girar, ela teve uma estranha sensação. Ela apenas esperou que Seu Genero parasse. Quando a cabeça foi separada do corpo, ele fugiu sem destino, enquanto os olhos dela o observavam se afastar. Santino, que tinha visto seu pai matar animais de curral tantas vezes, pensou que eles iriam jantar frango e arroz com molho de tomate.

—Piccolo, vamos para a cozinha. Quero lhe mostrar algo que seu bisavô me ensinou em Nápoles, quando eu tinha quase a sua idade.

—Sim, papai.

Na cozinha, Dona Apolonia estava preparando manteiga quando viu os homens da casa entrarem. Sem comentar sobre o animal morto, ela esperou pelo que iria acontecer.

Ele colocou o animal sobre a tábua de cortar. Pegou o machado de cozinha e levantou a mão para aplicar o primeiro corte.

—Desculpe, papai, mas não deveria arrancar as penas primeiro?

—Santino, eu não lhe ensinei a olhar para o que eu faço, compreendê-lo e, se não o entender, só então me perguntar?

—Me perdoe.

Sem outra palavra, o homem colocou o machado na altura em que as pernas do animal não tinham penas e as cortou. Na sequência, com um pequeno canivete, que guardava no bolso de trás, ele removeu parte da carne áspera. Os tendões da ave preta ficaram expostos. Seu Genaro pegou um deles e puxou-o para trás. O músculo de um dedo do pé se mexeu. Surpreso, Santino perguntou:

—Deixa experimentar?

—Claro. É para você, meu *piccolo*. Quando terminar de brincar, não se esqueça de depenar a galinha, para que sua mãe possa cozinhá-la hoje à noite.

Com um abraço, o menino disse:

—Sim -e correu para o quintal para brincar.

Depois de experimentar diferentes formas, sombras e histórias com sua pequena garra de marionetista, ele decidiu ir ver seu amigo Roberto. Ele queria lhe mostrar seu novo brinquedo. Com a velocidade de pernas que lidam com a ansiedade aos dez anos de idade, ele atravessou os seis quarteirões que os separavam em segundos.

—Tito! Tito! -gritou ele da calçada em frente à carpintaria da família do amigo.

O menino, que estava ajudando o pai na construção de um armário, ao ouvir o chamado do amigo, olhou para ele com cara de quem precisa de algo e não sabe como pedir. O pai, entendendo o gesto, disse:

—Pode ir, mas hoje só vou lhe pagar a metade, por sair mais cedo.

Com um sorriso, Tito foi até a calçada.

—Oi, Santy, você veio aqui para jogar bola, brincar de bolinha ou de figurinha?

—Não. Eu trouxe uma coisa melhor.

—Uma coisa melhor? O quê? Mostra pra mim.

Ele enfiou a mão no bolso da calça curta e tirou a perna da galinha.

—Isso é um pé de galinha. Como vamos brincar com isso?

—Olha -e puxando um tendão, ele fez seu fantoche mover um dedo.

—Nossa! Como foi que você fez isso? Mostra pra mim, eu também quero fazer!

Passando-lhe a pata, ele disse:

—Cada uma dessas tirinhas de carne penduradas é como fios de marionetes. Se você puxar delas, elas se movem.

Tito obedeceu a indicação e, em poucos minutos, já era um especialista.

Os amigos passaram algum tempo inventando histórias de dinossauros até que a novidade passou. Pensativos, tentaram continuar se divertindo com a descoberta, mas não havia nada além de uma simples perna de frango. Então, Tito teve uma ideia.

—Santy, espere um pouco por mim, vou procurar uma coisa.

Na grama da calçada, ele disse:

—Tá, mas rápido, tenho que ir em casa, meu pai pediu para depenar a galinha.

Poucos minutos depois, ele apareceu com o estilingue e um saquinho de pedras e, com um sorriso, disse:

—Vamos caçar um pombo.

Na alameda que beirava a estrada que levava ao povoado, Tito, com uma mira surpreendente, quebrou a cabeça de um pombo logo com o segundo tiro. Com voltas e reviravoltas, o pássaro caiu e, com um baque, levantou poeira. Os amigos correram até o cadáver.

—Santy, você trouxe seu canivete?

—Trouxe. Meu pai diz pra nunca sair sem ele.

—Me dê logo!

Quando Tito o recebeu, cortou a cabeça na altura do peito. Depois, vasculhou até encontrar um tendão. Puxou-o e o pombo piscou para ele. Quando descobriu outro, repetiu a ação. Então, a cabeça moveu o bico.

—Devolva meu canivete.

Enquanto continuava brincando com a cabeça, ele passou-a para o amigo. Em seguida, o marionetista o abriu do peito ao ânus e o inspecionou. Quando descobriu onde estava cada tendão, ele a fez bater as asas, levantar as penas da cauda e assim por diante. Ele até tentou amarrar um de seus cadarços e movê-lo, o que obviamente funcionou.

A noite estava chegando, então eles jogaram o brinquedo atrás de uma árvore e correram para casa. Antes de dormir, Santino pensou em repetir a experiência com outros animais. Ele estava feliz por ter Seu Genaro como pai.

II

Os ciúmes inerentes à inocência que caracteriza a amizade infantil levaram Tito a procurar alguma coisa legal que superasse o que o pai de seu amigo tinha lhe ensinado. Por muitos dias ele pensou, mas nada lhe veio à mente. Entretanto, enquanto assistia ao seu programa de TV favorito, ele encontrou um novo brinquedo que certamente causaria inveja a Santy. Esse aparelho mágico permitia que qualquer criança fizesse desenhos de seus personagens favoritos e depois os recortasse com uma varinha. Era chamado de "Segelin".

Às pressas, ele foi ver Victor, seu pai. Quando entrou na carpintaria, ele o viu em seu escritório com o caderno de orçamentos.

—Pai, compra o "Segelin" pra mim?

—Do que você está falando, filho?

—É um aparelho mágico que permite cortar o isopor e o

papelão no formato de qualquer desenho animado que você tenha decalcado.

—Semana passada, comprei o álbum de figurinhas que você queria. Agora isso. Não posso me dar ao luxo de gastar toda semana em uma nova novidade. Além disso, o ministro da Fazenda não consegue controlar a inflação e as vendas caíram.

—Mas, pai!

—Eu disse que não!

—Poxa, pai -e com lágrimas nos olhos, o garoto se retirou.

Seu Victor, que não gostava que seu filho sentisse a mesma privação que ele experimentou na infância, buscou uma solução prática. O menino "queria um aparelho mágico para recortar um desenho". Não podia ser um canivete. Isso era comum. Também não podia ser um ferro quente. Era algo perigoso. Em um turbilhão de pensamentos vividos ao longo dos anos, surgiram os estudos na escola técnica. Ele se lembrou de Walter, seu melhor amigo, e de como ele usava uma lupa para escrever em pedaços de madeira. Com a facilidade daquela experiência, ele compreendeu que, com as palavras certas, poderia ser essa a solução. Ele foi até a livraria da esquina e comprou uma.

—Tito, venha cá, tenho uma coisa pra você.

Com a relutância que se tem com um pai que não satisfaz os caprichos, ele respondeu:

—Vou.

Quando entrou na carpintaria, encontrou o pai sorrindo. Ele estava segurando um pedaço de madeira prensada com um desenho do Popeye.

—O que é?

—Mude essa cara, tenho uma surpresa pra você.

—Uma surpresa? Qual?

Segurando o pedaço de madeira desenhado, ele lhe disse:

—Me acompanhe -e o levou para os fundos da fábrica, onde jogava fora os restos de madeira que não eram mais úteis.

Depois de procurar uma clareira onde os raios de sol eram fortes, ele pegou sua lupa. Apontou-a para a borda da primeira linha do cachimbo do personagem e, no ângulo certo, começou a queimar. Tito observava com atenção o que ele estava fazendo. Surpreso, quis experimentar.

—Você não vai conseguir cortar a madeira, mas pelo menos tem algo mágico para brincar com o Santy.

—Obrigado, pai. Você é o melhor do mundo. Posso ir e mostrar a ele o que você me ensinou?

—Pode, mas não volte muito tarde, porque você tem que terminar sua lição de casa.

—Antes das seis estarei aqui -e com um abraço ele se despediu.

Com a mesma velocidade de seu amigo de alguns dias antes, ele chegou à casa. Gritou bem alto:

—Santy, saia, tenho uma coisa para lhe mostrar!

Depois que Seu Genaro lhe deu permissão, o garoto foi ao encontro do amigo.

—O que é, Tito?

—Veja o que eu tenho.

Sem se surpreender, ele respondeu:

—Um desenho do Popeye. O que vamos fazer com ele se você não trouxe lápis de cor para pintá-lo?

—Venha comigo até o campinho onde jogamos bola e mostro.

Sentados em frente à trave feita com galhos, eles colocaram a tábua entre eles. Em seguida, Tito pegou a lupa. Ele a colocou no ângulo que seu pai tinha lhe mostrado e o calor começou a produzir fumaça. Santino observou com espanto a forma do desenho ficar tingida de escuridão. Por mais de uma hora, eles se divertiram com o desenho. No entanto, quando terminaram, o tédio apareceu.

Lembrando-se do que seu pai tinha lhe ensinado, Santino olhou ao redor e viu onde poderiam usar a lupa. Um caminho de formigas pretas lhe deu a solução.

—Me empreste a lupa.

Percebendo o brilho nos olhos do amigo, ele a entregou a ele. Ajoelhado em frente à trilha dos insetos, ele colocou o ângulo. O sol começou a queimar a formiga preta, que, incapaz de fugir, gradualmente se transformou em uma pequena bola.

—É a minha vez - disse o dono do objeto mágico com entusiasmo.

E assim, durante boa parte da tarde, eles se dedicaram a queimar outras formigas, tatuzinhos-de-jardim, gafanhotos e até uma aranha, uma perna de cada vez.

III

A experiência repetitiva que apaga a admiração adormece a vontade de aprender. Assim, depois de algumas semanas, os amigos, que já tinham uma coleção de insetos queimados ou transformados em marionetes com ossos, procuravam outra maneira de se divertir. No entanto, não havia muito mais o que fazer nesse vilarejo remoto. Por esse motivo, às vezes eles ficavam apenas em casa. O destino, conhecedor das necessidades de cada ser humano, ajudou as crianças a continuar com seu aprendizado divertido e foi por meio de uma compra no açougue de Seu Marcelo, um dos poucos portenhos que se mudaram para aquele lugar remoto em Carhué.

—Oi, Santy, o que mandaram você comprar?

—Carne moída para fazer almôndegas. E você?

—Alguns bifes de fígado. O médico disse que precisávamos comer isso porque ficamos doentes com muita frequência.

—E o que você vai fazer à tarde?

—Vou buscar o estilingue para jogar pedra no cachorro da Dona Leonor. Hoje, mais uma vez, ele quase me mordeu.

Enquanto lhe falava sobre isso, o caminhão frigorífico chegou com meias-carcaças para descarregar. O carregador passou na frente deles com uma metade de animal montado em suas costas. O carimbo em uma das pernas do boi chamou a atenção deles, pois nunca tinham visto uma marca de gado antes.

—Seu Marcelo, o que é isso que está desenhado na perna da vaca que acabaram de descarregar? -perguntou Tito.

—É estranho que vocês, rapazes de campo, não saibam disso. É a marca que os proprietários colocam em seus animais para que não sejam roubados.

—E como é que eles fazem isso?

—Com um ferro quente, com o formato do símbolo da fazenda onde o animal foi criado, eles marcam a pele. O calor é tão forte que queima a carne sob a pele do animal.

As crianças voltaram a se surpreender e as ideias começaram a percorrer suas fantasias e experiências. Assim, depois de terminarem as compras, combinaram de se encontrar à tarde no campo onde tinham queimado os insetos.

—E aí? O que aconteceu com o cachorro da Dona Leonor? Você deixou manco?

—Eu estive pensando em fazer coisa melhor.

—O que você quer fazer com ele, Tito?

Deitado na grama, com os olhos fixos no movimento das nuvens, ele explicou:

—Vamos marcar o cachorro.

—Você está louco! Ele vai nos morder. Esse cão corre muito rápido.

—Calma. Já pensei nisso. Meu pai usa veneno de rato na carpintaria. Se eu tirar um pouco e embrulhá-lo em um bife, aquele cachorro guloso engole tudo em uma mordida. À noite, enquanto meus pais dormem, eu saio pela janela e procuro ele.

—E depois, o que você vai fazer?

—Eu levo para a casa abandonada dos Tapia, para que amanhã você possa me ajudar a marcá-lo.

Depois de pensar um pouco sobre o plano, Santino concordou:

—A que horas a gente se encontra?

—Às três da tarde.

—Tá. A gente se vê amanhã, amigo.

O dia de verão amanheceu com o céu limpo. Santino foi rápido em ajudar nas tarefas domésticas e, depois de cumprir suas obrigações, pediu permissão para sair para brincar. De bicicleta, foi até a casa abandonada dos Tapia. Quando chegou, seu amigo estava esperando por ele com um saco de juta ao lado.

—Olá, Tito, você está aqui há muito tempo?

—Já faz um tempo. Me dê seu canivete para eu poder lhe mostrar o nosso amigo.

Quando cortou o pano que envolvia o animal, Santino o viu com os olhos esbugalhados, a língua para fora e a barriga inchada.

—Olhe só. Ele era tão corajoso e agora parece uma bexiga de aniversário.

Santino riu da piada do amigo e esperou o que estava por vir. Em seguida, Tito, com o canivete, raspou a pele da perna traseira até não restar nenhum pelo. Pegou um pedaço de papel vegetal e um desenho com rabiscos estranhos. Olhou fixamente para seu companheiro e disse:

—Esta é a nossa marca.

Quando o desenho foi concluído, com a lupa, ele passou a tatuar a besta. Os raios ardentes da tarde aceleraram o processo. Quando a tarefa foi concluída, eles comemoraram o feito exibindo seus músculos como no desenho do Popeye. Com um abraço, prometeram não contar nada sobre o que haviam feito e foram para casa.

O filho mais velho de Dona Leonor, que adorava o cachorro, procurou por ele no vilarejo por vários dias. Ele verificou a pedreira, o campo onde os meninos do povoado jogavam futebol, o córrego do curtume e não encontrou nenhum rastro de seu animal de estimação. Quando estava prestes a desistir, um vento pútrido acariciou seu nariz. Ao procurar a origem da repugnância, ele se viu em frente à casa abandonada dos Tapia. Ao contorná-la, encontrou seu cachorro, cheio de vermes, se divertindo, em frente à cisterna no quintal. Apesar do fedor, ele decidiu se aproximar e reparou então nos restos do saco de juta embaixo. Rapidamente, em parte, ele entendeu o que havia acontecido. Com o mesmo pano, ele decidiu carregar os restos. Colocou a camiseta em volta do nariz e da boca e começou a arrumar seu animal de estimação. Foi nesse momento, quando pegou as pernas traseiras, que descobriu a marca feita com a lupa. Sabendo quem eram os meninos que estavam fazendo essas brincadeiras, ele deixou os restos mortais e foi primeiro para a casa de Seu Genaro e depois para a casa de Seu Víctor. Os pais, cada um por sua vez, quando ouviram o que os filhos tinham feito, decidiram castigá-los, separando a amizade deles, entre outras repreensões.

IV

Apesar da separação, os amigos aproveitavam um aniversário ou uma celebração da igreja para se verem. Mas seus pais, para evitar que continuassem com suas ideias estranhas, enviaram as crianças para colégios de ensino médio diferentes. Santino foi para a Escola Normal nº 3, que o ajudaria no futuro a fazer o curso de medicina, como Seu Genaro desejava, e Tito foi para a Escola Técnica nº 1, com orientação em química, para que na juventude pudesse se formar em Engenharia Biogenética.

Foi assim que os anos se passaram e a distância das universidades os separou. Porém, aquilo que se une tão fortemente aos atos de inocência da infância permanece latente até que o destino rompe o parêntese do tempo. E quando as redes sociais chegaram, Tito procurou em um aplicativo o cirurgião Santino Vecchio: quando entrou em contato com ele, o passado emergiu em meio a risadas e lembranças de como eles eram espertos em se divertir com tão pouco. E assim, em meio à nostalgia do que tinham vivido, apareceu a marca que tinham feito na besta, que tinham prometido ser seu vínculo de união.

Depois daquele dia, as conversas telefônicas se tornaram recorrentes. Santino lhe disse humildemente que estava prestes a ser nomeado diretor do hospital regional de La Plata, onde morava desde que concluíra seus estudos. Por sua vez, Tito lhe explicou que, devido a seus avanços científicos, estava morando na Suíça, onde tinha um laboratório e uma equipe à sua disposição. Ele havia se casado com uma hinduísta e praticava a religião dela. Seu amigo achou tão engraçado o fato de ele professar tal crença que lançou um gracejo:

—Espero que você não tenha transformado ninguém em Ganesha ou Kali...

—Na verdade, eu estava procurando um bom cirurgião para me ajudar -e, enquanto os dois riam, ele acrescentou:

—Você imagina se tivéssemos costurado duas cabeças naquele cachorro? Teria sido o cão Cerberus.

—Você e suas piadas. Quando virá a La Plata? Para que eu possa apresentá-lo à minha esposa e aos meus dois filhos.

—Minha esposa tem que ir no próximo mês para ministrar um treinamento em meditação, então podemos aproveitar a oportunidade para nos encontrar.

—Perfeito, estarei esperando por vocês. Aproveitarei a lhe mostrar o hospital.

No dia 16 de fevereiro, o voo proveniente da Europa aterrissou. Depois de trinta anos, os amigos se reencontraram. Eles apresentaram suas respectivas famílias e foram para a casa de Santino, no bairro privado de Chacras del Sur. Depois do jantar, ficaram sozinhos para saborear o uísque que Tito tinha trazido de presente. Enquanto todos dormiam, Santino lhe contou:

—Sabe que fiquei pensando no cão Cerberus? Eu gostaria de fazer uma marionete dele.

—E eu fiquei com a imagem de Ganesha...

—Amanhã haverá uma desinfecção no setor do necrotério, a meu pedido, e tenho três cachorros presos nele que latiam para mim toda vez que eu saía no carro.

Com um sorriso, Tito acrescentou:

—E, em julho, vou para uma reserva de caça na África. Estou indo em busca de um elefante. Você poderia vir comigo...

—Acho que sim. Mas deveríamos pensar em um filhote em vez de um elefante.

Os amigos ergueram seus copos e brindaram pelo reencontro e pela infância.

Prévia do próximo lançamento

"O Santo Inquisidor e a bruxa pervertida"

No final do século XIII, o Grande Inquisidor Bernard Gui é enviado à cidade de Albi para acabar com a heresia cátara. Ao chegar, o bispo local, André de Castanet, tem dez almas prontas para serem despojadas de suas possessões demoníacas, incluindo a famosa bruxa Alice Kyteler. No entanto, a partir do momento em que ele a conhece, tudo muda e, em um jogo de sedução, o inquisidor deverá escolher entre o amor de Deus ou a misteriosa dama. Fugas, rituais sombrios, aparições demoníacas e desenfreio cercarão essa mística viagem até que a decisão final seja revelada.

www.ingramcontent.com/pod-product-compliance
Lightning Source LLC
LaVergne TN
LVHW010558160826
845677LV00013B/3168

* 9 7 8 6 3 1 0 0 5 2 1 3 7 *